D0834730

Ernest Hemingway

L'étrange contrée

Traduit de l'américain
par Pierre Guglielmina

Gallimard

Cette nouvelle est extraite du recueil *Le chaud et le froid*
(Folio n° 2963).

Titre original :

THE STRANGE COUNTRY

Ernest Hemingway est né le 21 juillet 1899 dans l'Illinois. Son père est un médecin réputé pour sa bonté, grand chasseur et amateur de pêche, sa mère est une femme de caractère. Très jeune, il commence à écrire et, dès l'âge de dix-neuf ans, il est nommé rédacteur au *Kansas City Star* où il apprend la concision et l'objectivité. Il s'engage en 1918 comme ambulancier à la Croix-Rouge et découvre l'Europe en guerre. Gravement blessé, il est hospitalisé à Milan où il tombe amoureux de Margaret Jenkins, une jeune infirmière anglaise qu'il veut épouser. Mais Margaret est tuée accidentellement et Hemingway, désenchanté, rentre aux États-Unis avec le manuscrit de *L'adieu aux armes*, magnifique roman d'amour et de guerre, directement inspiré des drames qu'il vient de vivre. Devenu journaliste à Toronto, il épouse en 1921 Hadley Richardson et part à Paris comme correspondant de presse. Dans la capitale française des années folles, le jeune couple fréquente Ezra Pound, Francis Scott Fitzgerald, Gertrude Stein... Il met en scène Montparnasse et l'Espagne de l'après-guerre dans *Le soleil se lève aussi* en 1926 et *Paris est une fête*, qui ne paraîtra qu'après sa mort. La même année, il divorce pour épouser Pauline Pfeiffer. Après l'annonce du suicide de son père, il emmène sa jeune femme en Afrique d'où il revient avec deux textes magnifiques, *Les vertes collines d'Afrique* et *Les neiges du Kilimandjaro*. De retour aux États-Unis, il s'installe à Key West, une île au large de la Floride, où il s'adonne à la pêche au gros, expérience dont il tirera *Le vieil homme et la mer*. La guerre d'Espagne le ramène en Europe comme correspondant de guerre. L'Espagne sera le théâtre d'un autre roman, *Pour qui sonne le glas*, qui associe intrigue amoureuse et sacrifice héroïque. Il rencontre une journaliste, Martha Gelhorn, qu'il épouse en 1938, mais ce mariage ne dure que quelques années. Pendant la Seconde Guerre mondiale, il « patrouille » dans les eaux cubaines à la recherche de sous-marins, puis couvre le combat de l'Angleterre contre les Nazis et la libération de la France comme correspondant de presse. En 1945, il épouse Mary Welsch. De retour à Cuba, il publie *Le vieil homme et la mer* pour lequel il reçoit le prix Pulitzer en 1953. L'année suivante, c'est le prix Nobel qui lui est décerné. Miné par l'alcool et la fuite de l'inspiration, Ernest Hemingway se suicide en 1961, auteur de six romans et d'une cinquantaine de nouvelles.

Ernest Hemingway a laissé une légende, qu'il a édifiée lui-même : celle de l'homme d'action, de l'aventurier bon buveur, dédaigneux de la littérature et des effets de style.

Découvrez, lisez ou relisez les livres d'Ernest Hemingway :

L'ADIEU AUX ARMES (Folio n° 27)

AU-DELÀ DU FLEUVE ET SOUS LES ARBRES (Folio n° 589)

LE CHAUD ET LE FROID (Folio n° 2963)

Pour en savoir plus sur Ernest Hemingway et son œuvre :

Miami était étouffant et humide et le vent de terre qui soufflait des Everglades apportait des moustiques même le matin.

«Nous partirons aussitôt que nous le pourrons, dit Roger. Il faut que je prenne un peu d'argent. Tu y connais quelque chose en voitures?

— Non, pas grand-chose.

— Tu pourrais jeter un coup d'œil aux annonces classées dans le journal et voir ce qu'elles proposent, et j'irai chercher de l'argent ici à la Western Union.

— Tu ne peux pas en retirer comme ça?

— Si, si je peux passer mon coup de fil à temps pour que mon avocat puisse l'envoyer.»

Ils étaient au treizième étage d'un hôtel sur Biscayne Boulevard et le garçon d'étage était descendu acheter les journaux et faire quelques autres courses. Il y avait deux chambres et elles surplombaient la baie, le parc et le trafic des voitures sur le boulevard. Ils étaient inscrits sous leurs propres noms.

«Tu prends celle du coin, avait dit Roger. Elle aura peut-être une légère brise. Je vais téléphoner dans l'autre chambre.

— Est-ce que je peux faire quelque chose pour t'aider ?

— Tu fais les annonces des voitures à vendre dans un journal et je le ferai dans l'autre.

— Quel genre de voiture ?

— Une décapotable avec de bons pneus. La meilleure qu'on puisse avoir.

— Combien penses-tu qu'on aura ?

— Je vais essayer d'avoir cinq mille dollars.

— C'est fantastique. Tu penses vraiment avoir autant ?

— Je ne sais pas. Il faut que j'aille le travailler maintenant », dit Roger en entrant dans l'autre chambre. Il ferma la porte, puis l'ouvrit. «Tu m'aimes encore ?

— Je croyais que c'était réglé, dit-elle. S'il te plaît, embrasse-moi maintenant avant que le garçon revienne.

— Bon. »

Il la serra fortement contre lui et l'embrassa violemment.

«C'est mieux, dit-elle. Pourquoi est-ce que nous avons pris des chambres séparées ?

— Je croyais que j'aurais à être identifié pour toucher l'argent.

— Oh.

— Avec un peu de chance on n'aura pas à y rester.

« — Est-ce que nous pouvons tout faire aussi vite ?

— Si nous avons de la chance.

— Alors nous pouvons être M. et Mme Gilch ?

— M. et Mme Stephen Gilch.

— M. et Mme Stephen Brat-Gilch.

— Je ferais mieux de téléphoner.

— Ne t'éloigne pas trop longtemps quand même. »

Ils déjeunèrent dans un restaurant de poissons appartenant à des Grecs. C'était une oasis d'air conditionné à l'écart de la chaleur lourde de la ville et la nourriture provenait certainement de l'océan à l'origine, mais le chef en avait fait quelque chose d'équivalent à ce que l'huile recuite est au beurre frais. Il y avait cependant une bonne bouteille bien froide de vin blanc grec, sec et au fort goût de raisin, et pour le dessert ils prirent de la tarte aux cerises.

« Allons en Grèce et dans les îles, dit-elle.

— Tu n'y es jamais allée ?

— Un été. J'ai adoré.

— Nous irons. »

À deux heures l'argent était à la Western Union. Il y avait trois mille cinq cents dollars au lieu de cinq mille et à trois heures et demie ils avaient acheté une Buick décapotable d'occasion qui avait seulement quinze mille kilomètres au compteur. Elle avait deux bons pneus de secours, des pare-chocs encastrés, une radio, une bonne lampe d'habitacle, beaucoup de place pour les bagages à l'arrière et elle était de couleur sable. À cinq heures et demie ils avaient fait quelques autres achats, quitté leurs chambres d'hôtel et le portier était en train de charger leurs sacs à l'arrière de la voiture. Il faisait une chaleur étouffante.

Roger, qui transpirait à grosses gouttes dans son épais uniforme, aussi adapté à l'été sous les tropiques que le serait un short en plein hiver au Labrador, donna un pourboire au portier et monta dans la voiture et ils prirent Biscayne Boulevard, tournèrent vers l'ouest en direction de la route de Coral Gables et la piste de Tamiami.

« Comment te sens-tu ? demanda-t-il à la fille.

— Merveilleusement bien. Tu crois que tout ça est vrai ?

— Je sais que c'est vrai parce qu'il fait sacrément chaud et que nous n'avons pas eu les cinq mille.

— Tu penses que nous avons payé la voiture trop cher ?

— Non. Juste ce qu'il fallait.

— Tu as pris l'assurance ?

— Oui. Et l'inscription à l'Automobile Club.

— Nous sommes rapides, non ?

— Nous sommes fantastiques.

— Tu as le reste de l'argent ?

— Bien sûr. Épinglé dans ma chemise.

— C'est notre banque.

— C'est tout ce que nous avons.

— Comment crois-tu que ça va durer ?

— Ça n'aura pas à durer. J'en ferai plus.

— Il faudra que ça dure un peu.

— Ça ira.

— Roger.

— Oui, ma fille.

— Tu m'aimes ?

— Je ne sais pas.

— Dis-le.

— Je ne sais pas. Mais je vais le savoir, nom de Dieu.

— Je t'aime. Très fort. Très fort. Très fort.

— Tiens bon. Ça va sacrément m'aider.

— Pourquoi tu ne me dis pas que tu m'aimes ?

— Attendons. »

Elle avait sa main libre sur sa cuisse pendant qu'il conduisait et à présent elle la retirait.

« D'accord, dit-elle. Nous attendrons. »

Ils roulaient vers l'ouest maintenant, sur la grande route de Coral Gables, à travers les faubourgs monotones et écrasés de chaleur de Miami, passant devant des magasins, des stations-service et des supermarchés, au milieu des voitures ramenant les gens de la ville chez eux, les dépassant régulièrement. Ils avaient laissé à l'instant sur leur gauche Coral Gables avec ses constructions qui ressemblaient à celles du Basso Veneto, s'élevant au-dessus de la plaine de Floride, et devant la route s'étendait, toute droite mais gondolée par la chaleur, à travers ce qui avait été autrefois les Everglades. Roger roulait plus vite maintenant et la voiture se déplaçant dans l'air chaud rafraîchissait l'air qui entrait par le ventilateur du tableau de bord et les déflecteurs des fenêtres.

« C'est une jolie voiture, dit la fille. Est-ce que nous n'avons pas eu de la chance de l'avoir ?

— Beaucoup.

— Nous avons plutôt de la chance, tu ne trouves pas ?

— Jusqu'à présent.

— Tu es devenu terriblement méfiant avec moi.

— Pas vraiment.

— Mais nous pouvons être joyeux, non ?

— Je suis joyeux.

— Ça n'a pas l'air, à t'entendre.

— Bon, alors peut-être que je ne le suis pas.

— Est-ce que tu pourrais l'être ? Tu sais, je le suis vraiment.

— Je le serai, dit Roger. Je le promets. »

En regardant devant la route sur laquelle il avait roulé tant de fois dans sa vie, en la voyant s'étendre devant lui, sachant que c'était la même route avec ses fossés de chaque côté et sa forêt et ses marais, sachant que seule la voiture était différente, que seule la personne qui était avec lui était différente, Roger ressentit cette vieille sensation de vide monter en lui et sut qu'il devait l'arrêter.

« Je t'aime, ma fille », dit-il. Il ne croyait pas

que ce fût vrai. Mais cela sonna juste au moment où il le dit. «Je t'aime vraiment beaucoup et je vais essayer d'être bon pour toi.

— Et tu vas être joyeux.

— Et je vais être joyeux.

— C'est merveilleux, dit-elle. Nous avons déjà commencé?

— Nous sommes sur la route.

— Quand allons-nous voir les oiseaux?

— Ils sont beaucoup plus loin à cette époque de l'année.

— Roger.

— Oui, Bratchen.

— Tu n'as pas à être joyeux si tu ne t'en sens pas l'envie. Nous serons assez joyeux comme ça. Tu te sens comme tu veux et je serai joyeuse pour nous deux. Je ne peux pas m'empêcher aujourd'hui.»

Il vit au loin l'endroit où la route tournait à droite et remontait au nord plutôt que vers l'ouest, à travers la forêt marécageuse. C'était bon. C'était vraiment beaucoup mieux. Bientôt ils arriveraient au grand nid de balbuzards dans le cyprès mort. Ils venaient juste de passer là où il avait tué le serpent à sonnettes, l'hiver durant lequel il était venu ici avec la mère de David avant la naissance d'Andrew. C'était l'année où ils avaient acheté des chemises séminoles au bazar d'Everglades et les avaient portées immédiatement en remontant dans la voiture. Il avait donné le gros serpent à sonnettes à des Indiens qui étaient venus faire des affaires et ils avaient été contents parce qu'il avait une belle peau et douze sonnettes et Roger se souvenait combien il était lourd et massif quand il l'avait soulevé, avec cette tête énorme et aplatie qui pendait et comment les Indiens avaient souri quand il l'avait pris. C'était l'année où ils avaient tué cette dinde sauvage au moment où elle traversait la route, très tôt ce matin-là, sortant de la brume qui se levait avec le soleil naissant, les cyprès avaient un aspect noir dans la brume argentée et la dinde semblait d'un bronze sombre et jolie quand elle était apparue sur la route, la tête haute, puis basse pour courir et enfin renversée sur la route.

«Je suis bien, dit-il à la fille. Nous arrivons dans un joli coin maintenant.

— Où penses-tu que nous irons ce soir ?

— Nous trouverons un endroit. Une fois que nous serons du côté du golfe, nous aurons de l'air marin à la place de ce vent de terre et il fera frais.

— Ce sera parfait, dit la fille. Je détestais l'idée d'avoir à passer la nuit dans cet hôtel.

— Nous avons eu une sacrée chance de pouvoir partir. Je ne pensais pas que nous pourrions le faire aussi vite.

— Je me demande comment se sent Tom.

— Seul, dit Roger.

— C'est un type merveilleux, non ?

— C'est mon meilleur ami et ma conscience

et mon père et mon frère et mon banquier. C'est une sorte de saint. En plus joyeux.

— Je n'ai jamais connu quelqu'un d'aussi bien, dit-elle. C'est déchirant de voir combien il vous aime toi et les garçons.

— J'aimerais qu'il puisse les avoir tout l'été.

— Est-ce qu'ils ne vont pas te manquer terriblement?

— Ils me manquent tout le temps.»

Ils avaient mis la dinde sauvage sur le siège arrière et elle était si lourde, si chaude et si belle avec son plumage d'un bronze étincelant, si différent des plumes bleu et noir des dindes d'élevage, et la mère de David était tellement excitée qu'elle ne pouvait parler. Et puis elle avait dit: «Non, laisse-moi la prendre. Je veux la voir encore. Nous la mettrons derrière plus tard.» Et il avait posé un journal sur ses genoux et elle avait coincé la tête ensanglantée de l'oiseau sous son aile, ramenant doucement l'aile audessus, et était restée assise là à la caresser et à lisser les plumes de la poitrine pendant que lui, Roger, conduisait. À la fin, elle avait dit: «Elle est froide maintenant» et l'avait enveloppée dans le journal puis reposée sur le siège arrière et dit: «Merci de m'avoir laissée la garder quand j'en avais tellement envie.» Roger l'avait embrassée tout en conduisant et elle avait dit: «Oh Roger, nous sommes tellement heureux et nous le serons toujours, non?» C'était juste à côté du virage en pente un peu plus loin sur la route. Le soleil était maintenant à la hauteur de la cime des arbres. Mais ils n'avaient pas vu d'oiseaux.

« Ils ne vont pas te manquer au point que tu ne puisses pas m'aimer, n'est-ce pas ?

— Non. Vraiment.

— Je comprends que ça te rende triste. Mais tu allais être éloigné d'eux de toute façon, non ?

— Bien sûr. S'il te plaît, ne t'inquiète pas, ma fille.

— J'aime ça quand tu dis "ma fille". Dis-le encore.

— Ça vient à la fin de la phrase, dit-il. Ma fille.

— Peut-être que c'est parce que je suis plus jeune, dit-elle. J'aime les gamins. Je les aime tous les trois, très fort, et je trouve qu'ils sont merveilleux. Je n'imaginais pas qu'il puisse y avoir des enfants comme ça. Mais Andy est trop jeune pour que je l'épouse et je t'aime. Alors je ne pense plus à eux et je suis aussi heureuse que je peux l'être d'être avec toi.

— Tu es très bonne.

— Je ne le suis pas vraiment. Je suis terriblement difficile. Mais je sais quand j'aime quelqu'un et je t'aime depuis aussi longtemps que je peux me souvenir. Alors je vais essayer d'être bonne.

— Tu es merveilleuse.

— Oh, je peux faire beaucoup mieux que ça.

— N'essaie pas.

— Non, pas pour le moment. Roger, je suis tellement heureuse. Nous serons heureux, non ?

— Oui, ma fille.

— Et nous pouvons être heureux pour toujours, n'est-ce pas ? Je sais que ça a l'air ridicule étant donné que je suis la fille de maman et toi avec toutes ces femmes. Mais j'y crois et c'est possible. Je sais que c'est possible. Je t'ai aimé toute ma vie et si ça c'est possible, il est possible d'être heureux, non ? Dis que ça l'est, en tout cas.

— Je pense que oui. »

Il avait toujours dit que ça l'était. Pas dans cette voiture pourtant. Mais il l'avait suffisamment dit dans ce coin aussi et il l'avait cru. Ç'aurait été possible aussi. Tout était possible une fois. C'était possible sur cette route, sur cette portion qui s'étendait maintenant là devant avec le canal qui coulait, clair et rapide, sur la droite de la route et sur lequel l'Indien faisait avancer sa pirogue. Il n'y avait pas d'Indien à présent. C'était avant. Quand c'était possible. Avant que les oiseaux ne partent. C'était l'année avant celle de la dinde. L'année avant le gros serpent à sonnettes, ce fut l'année où ils virent l'Indien faire avancer sa pirogue et le chevreuil dans la boucle du canal, avec sa poitrine et sa gorge blanches, avec ses pattes fines et ses sabots aux formes délicates de cœur brisé, redresser la tête aux magnifiques cornes miniatures dans la direction de l'Indien. Ils avaient arrêté la voiture et parlé à l'Indien, mais il ne comprenait pas l'anglais et avait grimacé et le petit chevreuil était là, mort, les yeux ouverts regardant fixement l'Indien. C'était possible alors et pendant cinq ans ensuite. Mais qu'est-ce qui était possible à présent ? Rien n'était possible sauf si lui-même l'était et il devait dire les choses s'il devait y avoir une chance qu'elles soient vraies. Même si c'était mauvais de les dire, il devait les dire. Elles ne seraient jamais vraies s'il ne les disait pas. Il devait les dire et alors peut-être il pourrait les sentir et peut-être alors il pourrait les croire. Et peut-être alors elles pourraient être vraies. *Peut-être* est un mot atroce, pensa-t-il, mais il l'est encore plus à la fin d'un cigare.

« Tu as des cigarettes ? demanda-t-il à la fille. Je ne sais pas si l'allume-cigares marche.

— Je n'ai pas essayé. Je n'ai pas fumé. Je me suis sentie si peu nerveuse.

— Tu ne fumes pas seulement lorsque tu es nerveuse, non ?

— Je pense que si. La plupart du temps.

— Essaie l'allume-cigares.

— D'accord.

— Qui était le type que tu as épousé ?

— Oh, ne parlons pas de lui.

— Non. Je voulais seulement dire : qui était-il ?

— Personne que tu connaisses.

— Tu ne veux vraiment rien me dire de lui ?

— Non, Roger. Non.

— Très bien.

— Je suis désolée, dit-elle. Il était anglais.

— Était ?

— Est. Mais je préfère *était*. Et puis tu as dit *était*.

— *Était* est un bon mot, dit-il. C'est un mot sacrément meilleur que *peut-être*.

— Bon. Je ne comprends pas du tout mais je te crois. Roger ?

— Oui, ma fille.

— Est-ce que tu te sens mieux ?

— Beaucoup mieux. Je suis bien.

— Très bien. Je vais te parler de lui. Il s'est trouvé qu'il était homosexuel. Voilà. Il n'en avait pas parlé et il ne se comportait pas du tout comme ça. Pas du tout. Vraiment. Tu dois penser que je suis stupide. Mais il ne se comportait pas du tout comme ça. Il était incroyablement beau. Tu sais comme ils peuvent l'être. Et puis j'ai tout découvert. Tout de suite bien sûr. En fait, la nuit même. Est-ce que ça va maintenant si on n'en parle plus ?

— Pauvre Helena.

— Ne m'appelle pas Helena. Appelle-moi "ma fille".

— Ma pauvre fille. Ma chérie.

— C'est gentil aussi. Mais tu ne dois pas le mélanger avec "ma fille". Ce n'est pas bien comme ça. Maman le connaissait. Je pensais qu'elle m'aurait dit quelque chose. Elle a simplement dit qu'elle n'avait jamais remarqué et quand j'ai dit : "Tu devais avoir remarqué", elle a répondu : "Je pensais que tu savais ce que tu faisais et que je n'avais aucun droit d'intervenir." J'ai dit : "Tu n'aurais pas pu dire quelque chose ou quelqu'un aurait-il pu dire quelque chose ?" et elle m'a répondu : "Chérie, tout le monde pensait que tu savais ce que tu faisais. Tout le monde. Tout le monde sait que toi-même tu t'en fiches et j'avais toutes les raisons de penser que tu connaissais la réalité de la vie dans cette petite île comme il faut." »

Elle était maintenant assise bien droite et raide à côté de lui et il n'y avait pas la moindre inflexion dans sa voix. Elle ne faisait pas une imitation. Elle avait simplement utilisé les mots exacts ou aussi exactement qu'elle s'en souvenait. Roger pensa qu'ils étaient tout à fait exacts, à l'entendre.

« Maman a été d'un grand réconfort, dit-elle. Elle m'a dit énormément de choses ce jour-là.

— Écoute, dit Roger. Nous allons balancer tout ça. Tout. Nous allons le balancer à l'instant, ici même sur le bord de la route. Tout ce dont tu veux te débarrasser, tu peux toujours m'en parler. Mais à présent nous avons tout balancé et vraiment bien balancé.

— Je veux que ce soit comme ça, dit-elle. C'est comme ça que j'avais commencé. Et tu sais que j'ai dit au début que nous nous passerions d'en parler.

— Je sais. Je suis désolé. Mais je suis content vraiment parce que nous l'avons balancé.

— C'est gentil de ta part. Mais tu n'a pas à faire des incantations ou des exorcismes ou quoi que ce soit de ce genre. Je nage sans bouée. Et il *était* sacrément beau.

— Défoule-toi. Si c'est ce que tu souhaites.

— Ne sois pas comme ça. Tu es tellement supérieur que tu n'as pas besoin de l'être. Roger ?

— Oui, Bratchen.

— Je t'aime vraiment beaucoup et nous n'avons plus besoin de faire ça, d'accord ?

— Non. Certainement.

— Je suis tellement contente. Nous allons être joyeux à présent ?

— Oui, sûrement. Regarde, dit-il. Voilà les oiseaux. Les premiers. »

Ils faisaient une tache blanche dans le bouquet de cyprès qui émergeait comme une île du marais sur leur gauche, le soleil éclatant à travers le feuillage sombre, et quand le soleil déclina encore d'autres s'envolèrent dans le ciel, vol blanc et lent, les longues pattes tendues à l'arrière.

« Ils arrivent pour la nuit. Ils se sont nourris dans le marais. Regarde la façon dont ils freinent avec leurs ailes et dont ils jettent leurs longues pattes vers l'avant pour atterrir.

— Nous verrons des ibis aussi ?

— Ils sont là-bas. »

Il avait arrêté la voiture et de l'autre côté du marécage sombre, ils pouvaient voir les ibis voler dans le ciel dans un sorte de pulsation, tournoyer et éclairer un autre bouquet d'arbres.

« Ils se perchaient beaucoup plus près autrefois.

— Peut-être que nous les verrons demain matin, dit-elle. Tu veux que je te serve un verre pendant que nous sommes arrêtés ?

— Nous pouvons faire ça en roulant. Les moustiques vont se jeter sur nous ici. »

Au moment où il démarra, il y avait quelques moustiques dans la voiture, les gros noirs des Everglades, mais le mouvement de l'air les fit décoller quand il ouvrit la porte et il les chassa de la main et la fille trouva deux gobelets en émail dans les paquets qu'ils avaient emportés et le carton qui contenait la bouteille de White Horse. Elle nettoya les gobelets avec une serviette en papier, versa le scotch, la bouteille encore dans le carton, jeta des morceaux de glace pris dans la glacière et rajouta du soda.

« À nous », dit-elle et elle lui donna le gobelet en émail froid et il y but lentement tout en conduisant, tenant le volant de la main gauche, roulant sur la route envahie par le crépuscule à présent. Il alluma les lumières un peu plus tard et bientôt elles découpèrent l'obscurité loin devant et tous les deux burent le whisky et c'était ce dont ils avaient besoin et qui les fit se sentir beaucoup mieux. Il y a toujours une chance, pensa Roger, quand un verre peut encore faire ce qu'il est supposé faire. Ce verre avait fait exactement ce qu'il devait.

« Ça a une sorte de goût visqueux et indéfini dans un gobelet.

— En émail, dit Roger.

— C'était très facile, dit-elle. Ça n'a pas un goût délicieux ?

— C'est le premier verre de toute la journée. À part ce vin résiné du déjeuner. C'est notre bon copain, dit-il. Le vieux tueur de géants.

— C'est un joli nom. Tu l'as toujours appelé comme ça ?

— Depuis la guerre. C'est là que nous l'avons utilisé pour la première fois.

— Cette forêt ne serait pas un bon endroit pour des géants.

— Je crois qu'ils ont été massacrés il y a longtemps, dit-il. Ils les ont probablement chassés avec ces grosses voitures de marécage à pneus énormes.

— Ça doit être très compliqué. C'est plus facile avec un gobelet en émail.

— Les gobelets en étain lui donnent un meilleur goût encore, dit-il. Pas pour le massacre de géants. Simplement pour le goût qu'il peut avoir. Mais tu dois avoir de la glace faite à l'eau de source et un gobelet refroidi dans la source et tu regardes dans la source et il y a ces petites volutes de sable qui remontent du fond, là où ça fait des bulles.

— Nous en aurons ?

— Bien sûr. Nous aurons tout. Tu peux en faire un délicieux avec des fraises sauvages. Si tu as un citron, tu le coupes en deux et tu le presses dans le gobelet et tu laisses la pulpe dans le gobelet. Ensuite tu écrases les fraises sauvages dans le gobelet et tu laves la sciure d'une barre de glace de chez le glacier et puis tu remplis le gobelet de scotch et tu remues jusqu'à ce que tout soit mélangé et glacé.

— Tu ne mets pas d'eau ?

— Non. La glace fond bien et il y a assez de jus avec les fraises et le citron.

— Tu crois qu'il y aura encore des fraises sauvages ?

— Je suis sûr qu'il y en aura.

— Tu crois qu'il y en aura assez pour faire un sablé ?

— Je suis sûr que oui.

— Nous ferions mieux de ne pas en parler. Je commence à avoir terriblement faim.

— Nous allons rouler un verre de plus, dit-il. Et puis nous devrions y être. »

Ils roulèrent dans la nuit avec le marécage sombre et haut de chaque côté de la route et les bons phares éclairant loin devant. Les verres chassèrent le passé de la même façon que les phares écartaient l'obscurité et Roger dit : « Ma fille, j'en prendrai un autre si tu veux bien le préparer. »

Quand elle l'eut préparé, elle dit : « Pourquoi

tu ne me laisses pas le tenir et te le donner quand tu en veux ?

— Ça ne me gêne pas pour conduire.

— Ça ne me gêne pas de le tenir non plus. Est-ce que ça ne te fait pas du bien ?

— Plus que n'importe quoi.

— Pas n'importe quoi. Mais un bien terrible. »

Devant, à présent, il y avait les lumières d'un village où les arbres étaient clairsemés et Roger tourna sur une route qui partait sur la gauche et passa une pharmacie, un magasin d'alimentation et un restaurant le long d'une rue pavée déserte qui courait vers la mer. Il tourna à droite et prit une autre rue pavée, longeant des terrains vagues et des maisons abandonnées jusqu'à ce qu'ils voient les lumières d'une station-service et un néon publicitaire pour des bungalows à louer. La route principale passait juste derrière, rejoignant la route de la mer et les chalets faisaient face à la mer. Ils s'arrêtèrent à la station-service et Roger demanda à l'homme sans âge qui avait l'air d'avoir la peau bleue sous le néon de vérifier l'huile et l'eau et de faire le plein.

« Comment sont les bungalows ? demanda Roger.

— Parfaits, monsieur, dit l'homme. Jolis bungalows. Propres.

— Des draps propres ? demanda Roger.

— Aussi propres que vous pouvez le souhaiter. Pensez rester ici pour la nuit ?

— Si nous restons.

— Trois dollars la nuit.

— Pas de problème si madame jette un coup d'œil ?

— Pas le moins du monde. Elle ne trouvera pas de meilleurs matelas. Des draps fin propres. Douche. Parfaitement ventilé. Confort moderne.

— Je vais voir, dit la fille.

— Tenez, prenez une clé. Vous êtes de Miami ?

— C'est ça.

— Moi, je préfère la côte Ouest, dit l'homme. L'huile, c'est bon et l'eau aussi. »

La fille revint à la voiture.

« Celui que j'ai vu est splendide. Il est frais aussi.

— Brise en provenance du golfe du Mexique, dit l'homme. Va souffler toute la nuit. Toute la journée de demain. Et probablement une bonne partie de jeudi. Vous avez essayé le matelas ?

— Tout avait l'air formidable.

— Ma bonne femme les entretient tellement bien que c'en est un crime. Elle se tue à la tâche. Je l'ai envoyée voir le film ce soir. Le linge, c'est le gros truc. Mais elle le fait. Voilà. J'arrive à seize. » Il alla raccrocher la pompe.

« Il est un peu inquiétant, souffla Helena. Mais c'est joli et propre.

— Bon, z-allez le prendre ? demanda l'homme.

— Oui, sûrement, dit Roger. Nous allons le prendre.

— Alors inscrivez dans le livre. »

Roger écrivit « M. et Mme Hutchins, 9072 Surfside Drive, Miami Beach » et rendit le registre.

« Parent du professeur ? demanda l'homme, notant le numéro du permis de conduire sur le registre.

— Non. Je suis désolé.

— Pas de quoi être désolé, dit l'homme. Je n'ai jamais pensé beaucoup de bien de lui. Simplement lu des choses sur lui dans les journaux. Voulez que je vous aide ?

— Non. Je vais avancer et nous mettrons nos affaires à l'intérieur.

— Ça fait seize litres qui font cinq dollars cinquante avec la taxe.

— Où est-ce qu'on peut trouver quelque chose à manger ? demanda Roger.

— Deux endroits en ville. Qui se valent.

— Lequel vous préférez ?

— Les gens disent plutôt du bien du Green Lantern.

— Je pense que j'en ai entendu parler, dit la fille. Quelque part.

— Vous pourriez. Une veuve qui tient le truc.

— Je crois que c'est ça, dit la fille.

— Sûrs que je ne peux pas vous aider ?

— Non. Ça ira, dit Roger.

— Juste une chose que je voudrais dire, dit

l'homme. Mme Hutchins est une bien belle femme.

— Merci, dit Helena. Je trouve que c'est très gentil à vous. Mais je crains que ce soit seulement cette belle lumière.

— Non, dit-il. Je le pense vraiment. Du fond du cœur.

— Je crois que nous ferions bien de rentrer, dit Helena à Roger. Je ne veux pas que tu me perdes si tôt dans le voyage. »

À l'intérieur du bungalow il y avait un lit double, une table couverte d'une toile cirée, deux chaises et une ampoule qui pendait au plafond. Il y avait une douche, des toilettes et un lavabo avec un miroir. Des serviettes propres étaient posées sur une étagère près du lavabo et il y avait un portemanteau à un bout de la pièce avec quelques cintres.

Roger rentra les bagages et Helena posa la glacière, les deux gobelets et le scotch encore dans son carton sur la table avec le sac en papier rempli de bouteilles de White Rock.

« Ne prends pas cet air sinistre, dit-elle. Le lit est propre. Les draps en tout cas. »

Roger l'enveloppa de son bras et l'embrassa.

« Éteins la lumière, s'il te plaît. »

Roger chercha l'ampoule et tourna l'interrupteur. Dans l'obscurité, il l'embrassa, frottant ses lèvres contre les siennes, les sentant toutes les deux se gonfler sans s'ouvrir, sentant qu'elle tremblait quand il la prit dans ses bras. La serrant fort contre lui, sa tête renversée, il entendit la mer sur la plage et sentit le vent frais à travers la fenêtre. Il sentit la soie de ses cheveux sur son bras et leurs corps durs et tendus et il laissa glisser sa main sur ses seins pour les sentir se dresser, éclosion instantanée sous ses doigts.

« Oh, Roger, dit-elle. S'il te plaît. Oh, s'il te plaît.

— Ne parle pas.

— C'est lui ? Oh, il est adorable.

— Ne parle pas.

— Il va être gentil avec moi. Non. Et je vais essayer d'être gentille avec lui. Mais est-ce qu'il n'est pas terriblement grand ?

— Non.

— Oh, je t'aime tellement et je l'aime tellement. Tu crois qu'on pourrait essayer maintenant et comme ça on saurait ? Je ne peux pas attendre beaucoup plus longtemps. Sans savoir. J'ai eu du mal à attendre tout l'après-midi.

— Nous pouvons essayer.

— Oh, oui. Essayons. Essayons maintenant.

— Embrasse-moi, encore une fois. »

Dans l'obscurité il se rendit dans l'étrange contrée et c'était véritablement très étrange, dur d'y entrer, tout à coup d'une difficulté périlleuse, puis aveuglément, heureusement, sans danger, enveloppé ; débarrassé de tous les doutes, de tous les périls, de toute crainte, tenu sans retenir, tenir, tenir toujours plus, retenu encore pour tenir, chassant toutes les choses d'autrefois, et toutes à venir, tirant l'éclat du bonheur commençant dans les ténèbres, plus près, plus près, plus près à présent, plus près et toujours plus près, pour aller au-delà de toute croyance, plus long, plus fin, plus loin, plus fin, plus haut et plus haut pour conduire vers le bonheur soudain, atteint comme un bouillonnement.

« Oh, chérie, dit-il. Oh, chérie.

— Oui.

— Merci, tu es ma bénédiction.

— Je suis morte, dit-elle. Ne me remercie pas. Je suis morte.

— Tu veux…

— Non, s'il te plaît. Je suis morte.

— Nous…

— Non. S'il te plaît, crois-moi. Je ne sais pas comment le dire autrement. »

Puis un peu plus tard, elle dit : « Roger.

— Oui, ma fille.

— Tu es sûr ?

— Oui, ma fille.

— Et tu n'es pas déçu par quelque chose ?

— Non, ma fille.

— Tu crois que tu parviendras à m'aimer ?

— Je t'aime. » Il mentait. Il avait voulu dire qu'il aimait ce qu'ils avaient fait.

« Dis-le encore.

— Je t'aime. » Il mentit à nouveau.

« Dis-le encore une fois.

— Je t'aime. » Il mentit.

« Ça fait trois fois, dit-elle dans l'obscurité. Je ferai tout ce que je peux pour que ce soit vrai. »

Le vent soufflait son air frais sur eux et le bruit que faisaient les feuilles de palmier faisait presque penser à la pluie, et au bout d'un moment la fille dit : « Ça va être délicieux cette nuit mais tu sais comment je me sens maintenant ?

— Affamée.

— Tu as un talent fou pour me deviner.

— Je suis affamé aussi. »

Ils dînèrent au Green Lantern et la veuve projeta de l'insecticide sous la table et leur apporta des œufs de poisson frits au bacon. Ils burent de la bière fraîche Regal et mangèrent chacun un steak avec du gratin de pommes de terre. Le steak, mince, provenait d'un bœuf élevé à l'herbe et n'était pas très bon, mais ils avaient faim et la fille retira ses chaussures sous la table et posa ses pieds nus sur ceux de Roger. Elle était belle et il aimait la regarder et sentir ses pieds sur les siens.

« Ça te le fait aussi ? demanda-t-elle.

— Bien sûr.

— Je peux sentir ?

— Si la veuve ne regarde pas.

— Ça me le fait aussi, dit-elle. Nos corps s'entendent bien, non ? »

Ils prirent de la tarte à l'ananas pour le dessert et chacun une autre bouteille de Regal fraîche, prise dans la glace fondue de la glacière.

« J'ai de l'insecticide sur les pieds, dit-elle. Ils seront plus agréables sans insecticide.

— Ils sont adorables avec l'insecticide. Appuie-les fort.

— Je ne veux pas te faire tomber de la chaise de la veuve.

— D'accord. Ça suffit.

— Tu ne t'es jamais senti aussi bien, hein ?

— Non, dit-il sincèrement.

— On n'a pas besoin d'aller au cinéma, n'est-ce pas ?

— Non, à moins que tu en aies très envie.

— Rentrons chez nous et démarrons vraiment très tôt demain matin.

— Très bien. »

Ils payèrent la veuve et prirent deux bouteilles de Regal dans un sac en papier et roulèrent jusqu'à la station-service et garèrent la voiture dans l'espace entre deux bungalows.

« La voiture nous reconnaît déjà, dit-elle au moment où ils entraient dans le bungalow.

— C'est bien comme ça.

— J'étais un peu timide avec elle au début mais maintenant j'ai l'impression que c'est notre amie.

— C'est une bonne voiture.

— Tu crois que le type était choqué ?

— Non. Jaloux.

— Il n'est pas un peu vieux pour être jaloux ?

— Peut-être. Peut-être qu'il était simplement content.

— Ne pensons plus à lui.

— Je n'ai pas pensé à lui.

— La voiture nous protégera. C'est déjà une bonne amie. Tu as remarqué à quel point elle était amicale en rentrant de chez la veuve ?

— J'ai senti la différence.

— N'allumons même pas la lumière.

— Bon, dit Roger. Je vais prendre une douche ou tu veux y aller en premier ?

— Non. Toi. »

Puis, en l'attendant dans le lit, il l'entendit faire des éclaboussures dans son bain et puis se sécher et puis elle vint dans le lit très vite, longue et fraîche, une sensation merveilleuse.

« Mon adorable, dit-il. Vraiment adorable.

— Tu es content de m'avoir ?

— Oui, ma chérie.

— Et c'est vraiment bien ?

— C'est merveilleux.

— Nous pouvons le faire à travers tout le pays et à travers le monde entier.

— Nous sommes ici à présent.

— D'accord. Nous sommes ici. Ici. Où nous sommes. Ici. Oh, ici, si bon, si bien, si délicieux dans la nuit. Ici, tellement bien, tellement délicieux, tellement merveilleux. Si délicieux dans la nuit. Dans la nuit délicieuse. Écoute ici, moi, s'il te plaît. Oh, très gentil ici très gentil s'il te plaît doucement s'il te plaît s'il te plaît très doucement merci doucement oh dans la nuit délicieuse. »

C'était l'étrange contrée à nouveau mais à la fin il ne se sentait plus seul et plus tard, en s'éveillant, c'était encore étrange et personne ne parla mais c'était leur contrée maintenant, pas la sienne à lui ou la sienne à elle, mais la leur, vraiment, et ils le surent tous les deux.

Le vent soufflait dans l'obscurité à travers le bungalow et elle dit : « Maintenant tu es heureux et tu m'aimes.

— Maintenant je suis heureux et je t'aime.

— Tu n'as pas besoin de répéter. C'est vrai maintenant.

— Je le sais. J'ai été affreusement lent, non ?

— Tu étais un peu lent.

— Je suis sacrément content de t'aimer.

— Tu vois ? dit-elle. Ce n'est pas dur.

— Je t'aime vraiment.

— Je pensais que ça t'arriverait peut-être. Je veux dire, j'espérais.

— Je t'aime. » Il la serra très fort contre lui. « Je t'aime vraiment. Tu m'entends ? »

C'était vrai aussi, ce qui le surprenait beaucoup, surtout quand il s'aperçut que ça l'était encore au matin.

Ils ne repartirent pas le lendemain matin. Helena dormait encore quand Roger se réveilla et il la regarda dormir, ses cheveux répandus sur l'oreiller, relevés sur le cou et rejetés sur un côté, son adorable visage bronzé, ses lèvres et ses yeux fermés, semblant plus belle encore qu'éveillée. Il remarqua les paupières pâles dans son visage bronzé et la courbure des longs cils, la douceur de ses lèvres, tranquille à présent comme un enfant endormi, et ses seins sous le drap qu'elle avait remonté sur elle pendant la nuit. Il pensa qu'il ne devait pas la réveiller et il redoutait de le faire en l'embrassant, aussi s'habilla-t-il et marcha-t-il jusqu'au village, se sentant vide et affamé et heureux, respirant les odeurs du matin et entendant et voyant les oiseaux et sentant et humant la brise qui soufflait encore depuis le golfe du Mexique, jusqu'à l'autre restaurant un bloc plus bas que le Green Lantern. C'était simplement un long comptoir et il s'assit sur un tabouret et commanda un café au lait et un sandwich de pain de mie au jambon avec un œuf sur le plat. Il y avait sur le comptoir une édition du soir du *Miami Herald* qu'un routier avait laissée et il lut ce qui se passait en Espagne avec la rébellion militaire, tout en mangeant son sandwich et en buvant son café. Il sentit l'œuf éclater dans le pain de mie au moment où ses dents mordirent dans le pain, la tranche de cornichon, l'œuf et le jambon, et il sentit leur odeur et celle du bon café du matin au moment où il souleva la tasse.

« Ils ont leur dose d'ennuis là-bas, on dirait ? » lui dit l'homme derrière le comptoir. C'était un homme âgé, le visage hâlé jusqu'à la bande de cuir de son chapeau, avec des taches de rousseur sur une peau cadavérique au-delà. Roger vit qu'il avait une bouche mince de petit Blanc du Sud et portait des lunettes à montures d'acier.

« Maximum, approuva Roger.

— Tous ces pays d'Europe sont pareils, dit l'homme. Un problème après l'autre.

— Je prendrais bien une autre tasse de café », dit Roger. Il la laisserait refroidir pendant qu'il lirait le journal.

« Quand ils auront touché le fond, ils finiront par y trouver le pape. » L'homme versa le café et posa le pot de lait à côté.

Roger le regarda avec un air intéressé pendant qu'il versait le lait dans la tasse.

« Trois hommes derrière tout ce qui se passe, lui dit l'homme. Le pape, Herbert Hoover et Franklin Delano Roosevelt. »

Roger se détendit. L'homme se mit à expliquer les intérêts croisés de ces trois-là et Roger l'écouta avec bonheur. L'Amérique était un endroit merveilleux, pensa-t-il. Pourquoi s'acheter un exemplaire de *Bouvard et Pécuchet* quand vous pouviez l'avoir gratuitement avec votre petit déjeuner. Vous apprenez autre chose avec le journal, pensa-t-il. Mais en attendant il y a ça.

« Et les juifs ? finit-il par demander. Où est-ce qu'ils interviennent ?

— Les juifs, c'est un truc du passé, lui dit l'homme derrière le comptoir. Henry Ford les a mis sur la paille quand il a publié le *Protocole des sages de Sion*.

— Vous croyez qu'ils sont finis ?

— Pas le moindre doute, mon gars, dit l'homme. Vous avez connu les derniers du genre.

— Ça me surprend, dit Roger.

— Je vais vous dire autre chose, dit l'homme en se penchant. Un de ces jours, le vieil Henry va se faire le pape de la même manière. Il va se le faire comme il s'est fait Wall Street.

— Il s'est fait Wall Street ?

— Oh, mon garçon, dit l'homme. Ils sont finis.

— Henry doit s'en tirer pas mal alors.

— Henry ? Tu parles ! Henry, c'est l'homme du moment.

— Et Hitler ?

— Hitler, c'est un homme de parole.

— Et les Russes ?

— C'est la question qu'il fallait me poser. Il faut laisser l'ours russe dans son trou.

— Bon, tout a l'air plutôt en place, dit Roger en se levant.

— Tout est en ordre, dit l'homme derrière le comptoir. Je suis un optimiste. Une fois que le vieil Henry aura descendu le pape, vous verrez qu'ils s'effondreront tous les trois.

— Quels journaux vous lisez ?

— N'importe lequel, dit l'homme. Mais ce n'est pas là-dedans que je trouve mes idées politiques. J'y pense tout seul.

— Je vous dois combien ?

— Quarante-cinq cents.

— C'était un petit déjeuner de luxe.

— Revenez », dit l'homme et il ramassa le journal sur le comptoir là où Roger l'avait laissé. Il va se faire une idée de quelques autres trucs, pensa Roger.

Sur le chemin du retour, Roger acheta au drugstore la dernière édition du *Miami Herald*. Il acheta aussi des lames de rasoir, un tube de mousse à raser mentholée, des chewing-gums, une bouteille de Listerine pour bains de bouche et un réveille-matin.

Quand il arriva au bungalow et ouvrit doucement la porte et mit son paquet sur la table à côté de la glacière, des gobelets en émail, du sac en papier rempli de bouteilles de White Rock et des deux bouteilles de Regal qu'ils avaient oublié de boire, Helena dormait encore. Il s'assit dans le fauteuil et lut le journal et la regarda dormir. Le soleil n'était pas encore assez haut pour éclairer son visage et la brise venait de l'autre fenêtre, soufflant au-dessus d'elle qui dormait sans bouger.

Roger lut le journal en essayant de comprendre d'après les différentes dépêches ce qui s'était passé vraiment et comment ça allait. Elle fait aussi bien de dormir, pensa-t-il. Nous ferions mieux de prendre ce qu'apporte chaque jour maintenant, autant et aussi bien que nous pourrons parce que maintenant ça a commencé. C'est arrivé plus vite que je ne l'aurais pensé. Je n'ai pas à y aller encore et nous avons un moment devant nous. Ou bien ce sera tout de suite terminé et le gouvernement sera renversé, ou alors il y aura encore du temps. Si je n'avais pas pris ces deux mois avec les gamins, j'aurais été là-bas pour ça. J'ai mieux fait d'être avec les gamins, pensa-t-il. C'est trop tard pour y aller maintenant. Ce sera probablement terminé avant même que j'y arrive. De toute façon, ce n'est pas de ça que nous allons manquer maintenant. Il va y en avoir assez pour nous tous jusqu'à la fin de nos jours. Plus qu'assez. Même carrément trop. J'ai passé un moment merveilleux cet été avec Tom et les gamins et maintenant j'ai cette fille et je verrai à quel point ma conscience me retient et quand je devrai y aller j'irai et pas d'inquiétude jusque-là. C'est le début, d'accord. Une fois que c'est parti, ça n'en finit pas. Je n'en vois pas la fin tant que nous ne les aurons pas détruits, là-bas et ici et partout. C'est toujours que je n'en vois pas la fin, pensa-t-il. Pas pour nous en tout cas. Mais peut-être qu'ils vont gagner la première à toute vitesse, pensa-t-il, et je n'aurai pas à aller à celle-ci.

La chose était arrivée qu'il avait attendue et il avait su qu'elle viendrait et il l'avait attendue tout un automne à Madrid et il était déjà en train de chercher des excuses pour ne pas y aller. Passer le temps qu'il avait avec les enfants avait été une excuse valable et il savait que rien n'avait été prévu si tôt en Espagne. Mais maintenant c'était arrivé et qu'est-ce qu'il faisait ? Il était en train de se convaincre qu'il n'y avait aucune nécessité pour lui d'y aller. Ce sera peut-être fini avant que je puisse y arriver, pensa-t-il. Il y aura tout le temps qu'il faut.

Il y avait d'autres choses qui le retenaient aussi, qu'il ne comprenait pas encore. C'étaient les faiblesses qui se développaient à côté de ses forces comme les crevasses d'un glacier sous sa couverture de neige ou, si c'était là une comparaison trop prétentieuse, comme les filets de graisse entre les muscles. Ces faiblesses appartenaient à ses forces, sauf si elles se développaient au point de devenir dominantes. Mais elles étaient la plupart du temps cachées et il ne les comprenait pas, ni ne savait à quoi elles servaient. Mais il savait bien, toutefois, que cette chose était arrivée, qu'il faudrait qu'il y aille et qu'il apporte son aide comme il pourrait et pourtant il trouvait différentes raisons pour ne pas avoir à y aller.

Elles étaient toutes d'une plus ou moins grande honnêteté et elles étaient toutes faibles à l'exception d'une seule : il avait à se faire un peu d'argent afin de subvenir aux besoins de ses fils et de leurs mères et il faudrait qu'il écrive quelque chose de bon pour faire cet argent, sans quoi il n'aurait pas pu se regarder en face. Je connais six bonnes histoires, pensa-t-il, et je vais les écrire. Ça va me les faire écrire et je dois le faire pour compenser ce tapin sur la Côte. Si je peux vraiment en faire quatre sur les six, ça me remettra bien d'aplomb avec moi-même et compensera ce satané tapin. Putain de tapin, ce n'était même pas du tapin, c'était comme si on m'avait demandé de fournir un échantillon de sperme dans une éprouvette qui serait utilisé pour une insémination artificielle. Vous avez un bureau pour le produire et une secrétaire pour vous aider. N'oubliez pas. Au diable les symboles sexuels ! Ce qu'il voulait dire, c'est qu'il avait pris de l'argent pour écrire quelque chose qui n'était absolument pas ce qu'il pouvait écrire de mieux. Putain d'absolu. C'était de la merde. De la merde en barre. Maintenant il fallait qu'il expie pour ça et qu'il retrouve le respect de lui-même en écrivant aussi bien qu'il pourrait et mieux qu'il ne l'avait jamais fait. Ça avait l'air simple, pensa-t-il. Essaie, un de ces jours.

Mais en tout cas si j'en fais quatre aussi bien que je peux et aussi impeccables que les ferait Dieu dans un de ses bons jours (Salut, divinité. Souhaite-moi bonne chance, mon gars. Content de savoir que ça se passe si bien pour toi), alors je serai quitte avec moi-même et si ce salaud de Nicholson peut en vendre deux sur les quatre, ça mettra les gamins à l'abri pendant que nous ne sommes pas là. Nous ? Bien sûr. Nous. Nous, vous ne vous souvenez pas ? Comme les petits cochons, nous, nous, nous, en route vers chez nous. Sauf qu'on est loin de chez nous. Chez nous. Quelle rigolade ! Il n'y a pas le moindre chez-nous. Oui, il y a un chez-nous. C'est ici chez nous. Tout ça. Le bungalow. La voiture. Ces draps qui ont été propres. Le Green Lantern et la veuve et la bière Regal. Le drugstore et la brise venant du golfe. Le dingue du comptoir et le sandwich au pain de mie et au jambon et l'œuf sur le plat. Deux s'il vous plaît, à emporter. Une tranche d'oignon cru sur l'un des deux. Faites le plein et vérifiez l'eau et l'huile, s'il vous plaît. Et les pneus, si ça ne vous embête pas. Le sifflement de l'air comprimé, dispensé gratuitement, c'était chez nous comme l'étaient le ciment taché d'huile, les traces de pneu sur le trottoir, les toilettes et les distributeurs de Coca-Cola peints en rouge. La ligne jaune au milieu de la route était la frontière qui délimitait chez nous.

Tu es en train de raisonner comme un de ces écrivains des Grands-Espaces-Américains, se dit-il. Fais attention. Tu ferais bien d'en faire une provision. Regarde la fille en train de dormir et dis-toi que chez nous, ça va être là où les gens n'ont pas de quoi manger. Chez nous, ça va consister à aller là où les hommes sont opprimés. Chez nous, ça va être là où le mal est le plus fort et doit être combattu. Chez nous, ça va être là où tu vas maintenant. Mais tu n'as pas à y aller tout de suite, pensa-t-il. Il avait des raisons de retarder ça. Non, tu n'as pas à y aller tout de suite, dit sa conscience. Et je peux écrire les histoires, dit-il. Oui, tu dois écrire les histoires et elles doivent être aussi bien écrites que possible et même mieux. Très bien, Conscience, pensa-t-il. Nous allons régler tout ça. J'imagine que, vu la tournure prise, je ferais mieux de la laisser dormir. Tu la laisses dormir, dit sa conscience. Et tu essaies de prendre bien soin d'elle, et pas seulement. Tu *prends* bien soin d'elle. Aussi bien que je pourrai, dit-il à sa conscience, et j'en écrirai quatre bonnes. Elles ont intérêt à l'être, dit sa conscience. Elles le seront, dit-il. Elles seront ce qu'il y a de mieux.

Ayant fait cette promesse et pris cette décision, a-t-il pris alors un crayon et un vieux cahier d'écolier et, une fois le crayon taillé, a-t-il commencé une des histoires, là, sur la table, pendant que la fille dormait? Non, il ne le fit pas. Il se versa quatre centimètres de White Horse dans un gobelet en émail, ouvrit la glacière et, plongeant la main dans le puits froid, il prit un morceau de glace et le mit dans le gobelet. Il ouvrit une bouteille de White Rock et en fit couler sur la glace et puis fit tourner la glace du bout du doigt avant de boire.

Ils tiennent le Maroc espagnol, Séville, Pampelune, Burgos, Saragosse, pensa-t-il. Nous tenons Barcelone, Madrid, Valence et le Pays basque. Les frontières sont encore ouvertes. Ça ne se présente pas si mal. Ça se présente bien. Il faut quand même que je me trouve une bonne carte. Je devrais pouvoir trouver une bonne carte à La Nouvelle-Orléans. Ou à Mobile peut-être.

Il essaya de s'imaginer aussi bien qu'il le pouvait sans carte. Saragosse, c'est mauvais. Ça coupe la ligne de chemin de fer vers Barcelone. Saragosse était une bonne ville anarchiste. Pas comme Barcelone ou Lérida. Mais il y en avait encore beaucoup. Ils n'ont pas pu soutenir un grand combat. Peut-être qu'ils n'ont pas encore combattu. Il faudrait qu'ils prennent Saragosse tout de suite s'ils le peuvent. Il faudrait qu'ils remontent de Catalogne et la prennent.

S'ils pouvaient garder la ligne Madrid-Valence-Barcelone et ouvrir Madrid-Saragosse-Barcelone et tenir Irún, tout irait bien. Avec tout ce qui arrive de France, ils devraient pouvoir se renforcer dans le Pays basque et battre Mola au nord. Ce serait un combat très dur. Ce fils de pute. Il ne pouvait pas bien voir la situation dans le Sud, si ce n'est que les rebelles devraient remonter la vallée du Tage pour attaquer Madrid et qu'ils essaieraient aussi depuis le nord. Devraient essayer tout de suite pour tenter de forcer les cols des Quadarramas comme l'avait fait Napoléon.

Je n'aurais pas dû rester avec les gamins, pensa-t-il. J'aurais sacrément mieux fait d'être là-bas. Mais non, tu n'aurais pas voulu être loin des gamins. Tu ne peux pas être avec tout le monde à la fois. Ou tu ne peux pas être avec eux à l'instant même où ils commencent. Tu n'es pas une lance d'incendie et tu as autant d'obligations envers les enfants qu'envers quoi que ce soit dans le monde. Jusqu'au moment où il faudra que tu te battes pour que le monde reste vivable pour eux, corrigea-t-il. Mais ça avait l'air prétentieux, aussi le corrigea-t-il en : quand il sera plus nécessaire de se battre que d'être avec eux. C'était suffisamment plat. Ça viendrait bien assez vite.

Réfléchis bien à ça et à ce que tu dois faire et puis tâche de t'y tenir, se dit-il. Réfléchis aussi bien que tu peux et puis fais vraiment ce que tu dois. Très bien, dit-il. Et il continua à réfléchir.

Helena dormit jusqu'à onze heures et demie et il avait terminé son deuxième verre.

«Pourquoi est-ce que tu ne m'as pas réveillée, chéri? dit-elle quand elle ouvrit les yeux et roula vers lui en souriant.

— Tu as l'air tellement adorable endormie.

— Mais nous avons raté notre départ matinal et l'aube sur la route.

— Nous la verrons demain matin.

— Un baiser.

— Baiser.

— Un câlin.

— Gros câlin.

— Me sens mieux, dit-elle. Me sens bien.»

Quand elle sortit de la douche, les cheveux rentrés dans un bonnet de plastique, elle dit : «Chéri, tu ne t'es pas mis à boire parce que tu te sentais seul, hein?

— Non. Juste parce ce que j'en avais envie.

— Parce que tu te sentais mal ?

— Non. Je me sentais parfaitement bien.

— Je suis tellement contente. J'ai honte. J'ai dormi, dormi.

— Nous pouvons aller nager avant le déjeuner.

— Je ne sais pas, dit-elle. J'ai tellement faim. Tu ne penses pas qu'on pourrait déjeuner et puis faire une sieste ou lire ou je ne sais quoi et nager après ?

— *Wunderbar.*

— On ne devrait pas partir et rouler cet après-midi ?

— Voyons comment tu te sentiras, ma fille.

— Viens ici », dit-elle.

Il vint. Elle mit ses bras autour de lui et il la sentit debout, frémissante et fraîche de la douche, pas encore sèche, et il l'embrassa lentement, sentant avec bonheur l'heureuse douleur venir en lui quand elle s'était serrée contre lui.

« Qu'est-ce que tu penses de ça ?

— C'est bien.

— Bon, dit-elle. Repartons demain. »

La plage avait un sable blanc presque aussi fin que de la farine, et elle s'étendait sur des kilomètres. Ils firent une longue promenade à la fin de l'après-midi, nageant au large, s'abandonnant à l'eau claire, flottant et jouant, et puis nageant jusqu'au bord pour aller plus loin sur la plage.

« C'est encore plus joli que la plage à Bimini, dit la fille.

— Mais l'eau n'est pas aussi belle. Elle n'a pas la qualité des eaux du Gulf Stream.

— Oui, sans doute. Mais après les plages d'Europe, c'est incroyable. »

La douceur et la propreté du sable rendaient la marche très sensuelle, qui allait de la poudre sèche et douce à la légère humidité et progressait vers le sable dur et frais découvert par le reflux.

« J'aimerais que les garçons soient ici pour repérer des choses et me montrer des choses et m'en parler.

— Je vais repérer des choses.

— Ne te donne pas cette peine. Marche simplement un peu devant et laisse-moi regarder ton dos et tes fesses.

— Toi, tu marches devant.

— Non, toi. »

Alors elle s'approcha de lui et dit : « Allez, courons côte à côte. »

Ils coururent aisément sur cette partie ferme et agréable que l'écume des vagues venait régulièrement couvrir. Elle courait, presque trop bien pour une fille, et quand Roger accéléra l'allure un petit peu elle suivit sans difficulté. Il garda la même foulée et puis l'allongea un peu de nouveau. Elle resta à sa hauteur mais dit : « Hé, ne me tue pas », et il s'arrêta et l'embrassa. La course l'avait réchauffée et elle dit : « Non. Ne fais pas ça.

— C'est bon.

— Dans l'eau d'abord », dit-elle. Ils plongèrent dans les rouleaux qui soulevaient du sable en se brisant et nagèrent jusqu'à l'eau claire et verte. Elle se tint debout avec juste la tête et les épaules qui dépassaient.

« Embrasse-moi maintenant. »

Ses lèvres étaient salées et son visage mouillé par l'eau de mer et, au moment où il l'embrassa, elle tourna la tête et ses cheveux trempés vinrent frapper son épaule.

« Drôlement salé mais drôlement bon, dit-elle. Serre très fort. »

Il le fit.

« En voilà une grosse, dit-elle. Une vraiment grosse. Soulève-moi bien et nous irons ensemble au-delà de la vague. »

La vague n'en finit pas de les rouler, accrochés l'un à l'autre, ses jambes enroulées autour des siennes.

« Mieux que la noyade, dit-elle. Tellement mieux. Refaisons-le encore une fois. »

Ils choisirent une vague énorme cette fois et quand elle se dressa avant de se briser, Roger se jeta avec elle sous la ligne de rupture et quand elle s'écrasa elle les fit rouler comme une épave sur le sable.

« Allons nous rincer et puis nous coucher sur le sable », dit-elle et ils nagèrent et plongèrent dans l'eau claire et puis se couchèrent côte à côte sur la plage ferme et fraîche, là où l'irruption des vagues venait à peine toucher leurs doigts et leurs chevilles.

« Roger, tu m'aimes encore ?

— Oui, ma fille. Énormément.

— Je t'aime. C'était gentil de jouer ?

— Je me suis amusé.

— On s'amuse bien, non ?

— Toute la journée a été délicieuse.

— Nous n'avons eu que la moitié d'une journée parce que je suis une mauvaise fille qui s'est réveillée tellement tard.

— C'était une chose très normale à faire.

— Je ne l'ai pas fait pour être normale. Je l'ai fait parce que je ne pouvais pas faire autrement. »

Il se glissa contre elle, son pied touchant son pied gauche, sa jambe touchant la sienne, et il posa sa main sur sa tête puis son cou.

« Sale tête drôlement mouillée. Tu ne vas pas t'enrhumer dans le vent ?

— Je ne crois pas. Si nous vivions au bord de l'océan tout le temps, il faudrait que je me fasse couper les cheveux.

— Non.

— Ça me va très bien. Tu serais surpris.

— J'aime comme c'est maintenant.

— Courts, c'est fantastique pour nager.

— Mais pas au lit en tout cas.

— Je ne sais pas, dit-elle. Tu pourrais toujours te rendre compte que je suis une fille.

— Tu crois ?

— J'en suis presque certaine. Je pourrais toujours te le rappeler.

— Ma fille ?

— Quoi, chéri ?

— Tu as toujours aimé faire l'amour ?

— Non.

— Et maintenant ?

— Qu'est-ce que tu crois ?

— Je pense que si je regardais bien de chaque côté de la plage et qu'il n'y ait personne, nous serions très bien.

— C'est une plage sacrément vide », dit-elle.

Ils revinrent le long de la mer et le vent soufflait toujours et les rouleaux se brisaient très loin avec la marée basse.

« Ça a l'air drôlement simple, comme s'il n'y avait aucun problème, dit la fille. Je t'aurais trouvé et tout ce que nous aurions à faire, ce serait de manger et de dormir et de faire l'amour. Bien sûr, ce n'est pas du tout comme ça.

— Faisons comme ça pendant un moment.

— Je crois que nous y avons droit pendant un moment. Pas droit. Je pense que nous pouvons. Mais tu ne vas pas t'ennuyer complètement avec moi ?

— Non », dit-il. Il n'était pas seul après la dernière fois comme il l'avait presque toujours été avec qui que ce fût et où que ce fût. Il n'avait pas ressenti cette vieille solitude de mort depuis la première fois la nuit précédente. « Tu me fais un bien incroyable.

— Je suis contente si c'est vrai. Est-ce que ce ne serait pas horrible si nous étions comme ces gens qui ne se supportent pas et qui doivent se battre pour pouvoir s'aimer ?

— Nous ne sommes pas comme ça.

— J'essaierai de ne pas l'être. Mais tu ne vas pas t'ennuyer avec moi ?

— Non.

— Mais tu penses à quelque chose d'autre en ce moment.

— Oui. Je me demandais si nous devrions prendre le *Miami Daily News*.

— C'est le journal du soir ?

— Je voulais juste jeter un coup d'œil à cette histoire en Espagne.

— La rébellion militaire ?

— Oui.

— Tu me raconteras ?

— Bien sûr. »

Il lui raconta aussi bien qu'il put, compte tenu de ses connaissances et de ses informations.

« Est-ce que ça t'inquiète ?

— Oui. Mais je n'y ai pas pensé de tout l'après-midi.

— Nous verrons ce qu'ils disent dans le journal, dit-elle. Et demain tu pourras suivre à la radio dans la voiture. Demain nous allons vraiment partir de bonne heure.

— J'ai acheté un réveil.

— Es-tu intelligent ! C'est merveilleux d'avoir un mari aussi intelligent. Roger ?

— Oui, ma fille.

— Qu'est-ce que tu crois qu'ils auront à manger au Green Lantern ? »

Le lendemain, ils partirent tôt dans la matinée, avant le lever du soleil, et à l'heure du petit déjeuner ils avaient fait cent cinquante kilomètres et s'étaient éloignés de la mer et des baies avec leurs pontons de bois et leurs conserveries de poisson pour rouler au milieu d'une monotone forêt de pins et de petits palmiers chétifs d'une région d'élevage. Ils déjeunèrent au comptoir d'un bar dans une ville du milieu de la plaine de Floride. Le bar se trouvait du côté ombragé du square et faisait face à un tribunal de brique rouge au centre d'une pelouse verte.

« Je ne sais comment j'ai fait pour tenir pendant les cinquante derniers kilomètres, dit la fille en regardant le menu.

— Nous aurions dû nous arrêter à Punta Gorda, dit Roger. Ç'aurait été plus raisonnable.

— Nous avions dit que nous en ferions cent cinquante, dit la fille. Et nous les avons faits. Qu'est-ce que tu vas prendre, chéri ?

— Je vais prendre des œufs au jambon et du café et une grande tranche d'oignon cru, dit Roger à la serveuse.

— Comment vous voulez vos œufs ?

— Sur le plat.

— Madame ?

— Je vais prendre du hachis Parmentier, bien grillé, avec deux œufs pochés, dit Helena.

— Thé, café ou lait ?

— Du lait, s'il vous plaît.

— Un jus de fruits ?

— Pamplemousse, s'il vous plaît.

— Deux pamplemousses. Ça ne t'embête pas l'oignon ? dit Roger.

— J'adore les oignons, dit-elle. Mais pas autant que je t'adore. Et je n'ai jamais essayé au petit déjeuner.

— C'est bon, dit Roger. Ils restent là avec le café et vous évitent de vous sentir seul pendant que vous conduisez.

— Tu ne te sens pas seul, n'est-ce pas ?

— Non, ma fille.

— On n'a pas perdu de temps, non ?

— Un peu. Ce n'est pas une bonne moyenne avec tous ces ponts et ces villes.

— Regarde ces cow-boys », dit-elle. Deux hommes sur des petits chevaux, portant les vêtements de travail typiques de l'Ouest, glissèrent de leurs selles et attachèrent leurs chevaux à la barrière devant le bar et descendirent le long du trottoir sur leurs bottes à talons biseautés.

« Ils ont beaucoup de bétail par ici, dit Roger. Il faut faire attention aux animaux sur ces routes.

— Je ne savais pas qu'ils faisaient tant d'élevage en Floride.

— Énormément. Et du bon bétail maintenant.

— Tu veux prendre le journal ?

— J'aimerais, dit-il. Je vais voir si la caissière
en a un.

— Au drugstore, dit la caissière. Ils ont les
journaux de Saint-Pétersbourg et de Tampa au
drugstore.

— Où est-ce ?

— Au coin. Ça m'étonnerait que vous puissiez le rater.

— Tu veux quelque chose au drugstore ?
demanda Roger à la fille.

— Des Camel, dit-elle. Pense à remplir la
glacière.

— Je demanderai. »

Roger revint avec les journaux du matin et
une cartouche de cigarettes.

« Ça ne se passe pas très bien.

— Ils n'ont pas de glace pour la glacière ?

— J'ai oublié de demander. »

La serveuse arriva avec les deux petits déjeu-
ners et tous deux burent leur jus de pamplemousse glacé et commencèrent à manger.
Roger continuait à lire son journal, aussi Helena
appuya-t-elle le sien contre un verre d'eau et se
mit à lire.

« Vous avez de la sauce piquante ? » demanda
Roger à la serveuse. C'était une petite blonde
de bastringue.

«Tu parles, dit-elle. Vous êtes d'Hollywood, vous deux ?

— J'y suis allé.

— Et elle, elle est de là-bas ?

— Elle y va.

— Oh, mon Dieu, dit la serveuse. Vous pourriez écrire quelque chose dans mon livre ?

— Avec plaisir, dit Helena. Mais je ne fais pas de films.

— Vous en ferez, mon petit, dit-elle. Une seconde, dit-elle. Je vous donne un stylo.»

Elle tendit le livre à Helena. Il était presque neuf et avait une couverture en faux cuir gris.

«Je viens de le commencer, dit-elle. J'ai ce travail depuis une semaine seulement.»

Helena écrivit «Helena Hancock» sur la première page d'une écriture assez flamboyante et peu personnelle, produit des différentes écoles par lesquelles elle était passée.

«Bon sang, quel nom, dit la serveuse. Vous pourriez écrire quelque chose ?

— Quel est votre nom ? demanda Helena.

— Marie.»

«À Marie, en toute amitié», écrivit Helena au-dessus du nom fleuri tracé dans cette écriture un peu suspecte.

«Ben, merci alors», dit Marie. Puis à Roger : «Ça vous embête d'écrire quelque chose aussi ?

— Non, dit Roger. J'aimerais bien. Quel est votre nom, Marie ?

— Oh, ça n'a aucune importance.»

Il écrivit : « À Marie, avec les meilleurs souvenirs de Roger Hancock. »

« Vous êtes le père ? demanda la serveuse.

— Oui, dit Roger.

— Ben, je suis contente qu'elle aille là-bas avec son père, dit la serveuse. Je vous souhaite bien de la chance.

— Nous en aurons besoin, dit Roger.

— Non, dit la serveuse. Vous n'en aurez pas besoin. Mais je vous en souhaite quand même. Dites, vous avez dû vous marier drôlement jeune.

— Je l'étais », dit Roger. Je l'étais sacrément, pensa-t-il.

« J'imagine que sa mère était très belle.

— C'était la plus belle fille qu'on ait jamais vue.

— Où est-elle maintenant ?

— À Londres, dit Helena.

— Vous avez la belle vie, vous autres, dit la serveuse. Vous voulez un autre verre de lait ?

— Non, merci, dit Helena. Vous êtes d'où, Marie ?

— Fort Meade, dit la serveuse. C'est un peu plus loin sur la route.

— Vous aimez ?

— C'est plus grand ici. C'est un progrès, j'imagine.

— Vous vous amusez ?

— Je m'amuse toujours quand l'occasion se présente. Vous voulez autre chose ?

— Non. Nous devons y aller. »

Ils payèrent l'addition et lui serrèrent la main.

« Merci pour le pourboire, dit la serveuse. Et d'avoir signé mon livre. Je vais entendre parler de vous dans les journaux, j'imagine. Bonne chance, mademoiselle Hancock.

— Bonne chance, dit Helena. J'espère que l'été se passera bien.

— Ça ira, dit la serveuse. Vous serez prudente, hein ?

— Vous aussi, dit Helena.

— D'accord, dit Marie. Sauf que c'est un peu tard pour moi. »

Elle se mordit la lèvre, se retourna et partit vers la cuisine.

« C'était une gentille fille, dit Helena au moment où ils montaient dans la voiture. J'aurais voulu pouvoir lui dire que c'était un peu tard pour moi aussi. Mais j'imagine que ça n'aurait fait que l'inquiéter.

— Il faut remplir la glacière, dit Roger.

— Je vais y aller, proposa Helena. Je n'ai rien fait pour nous deux de la journée.

— Laisse-moi le faire.

— Non. Tu lis le journal et j'y vais. Nous avons assez de scotch ?

— Il y a encore une bouteille dans le carton qui n'est pas ouverte.

— C'est parfait. »

Roger lut le journal. Ça vaut mieux, pensa-t-il. Je vais conduire toute la journée.

« Ça n'était pas cher, dit la fille quand elle revint avec la glacière. Mais la glace est pilée très fin. Trop fin, j'en ai peur.

— Nous en reprendrons ce soir. »

Quand ils eurent quitté la ville et se dirigèrent vers le nord sur la longue route noire à travers la plaine et les pins, à travers les collines et la région des lacs, la route se détacha comme une bande noire tout au long des diverses parties de la péninsule, dans la chaleur estivale croissante maintenant qu'ils étaient loin de la fraîcheur de l'océan. Mais ils faisaient leur propre brise en roulant à un bon cent vingt kilomètres-heure sur les longues portions droites et, sentant que les paysages s'éloignaient derrière eux, la fille dit : « C'est amusant de rouler vite, non ? C'est comme si on fabriquait notre jeunesse.

— Comment ça ?

— Je ne sais pas, dit-elle. Une sorte de raccourcissement et de télescopage du monde, comme le fait la jeunesse.

— Je n'ai jamais beaucoup pensé à la jeunesse.

— Je sais, dit-elle. Tu n'y as pas pensé parce que tu ne l'as jamais perdue. Si on n'y pensait jamais, on ne la perdrait pas.

— Continue, dit-il. Je ne vois pas le rapport.

— Ça n'a pas beaucoup de sens, dit-elle. Mais je vais y repenser et alors ce sera mieux. Ça ne t'embête pas que je parle même quand ça n'est pas complètement sensé, non ?

— Non, ma fille.

— Tu vois, si je ne faisais que des choses complètement sensées, je ne serais pas ici.» Elle s'interrompit. «Si, j'y serais. C'est très sensé. Pas au sens courant.

— Comme le surréalisme ?

— Rien à voir avec le surréalisme. Je déteste le surréalisme.

— Pas moi, dit-il. J'ai aimé quand ça a commencé. Qu'il ait duré tellement longtemps après, voilà le problème.

— Mais les choses n'ont jamais vraiment de succès tant qu'elles ne sont pas terminées.

— Redis ça.

— Je veux dire, elles n'ont pas de succès en Amérique tant qu'elles ne sont pas terminées. Et il faut qu'elles le soient depuis des années avant d'avoir du succès à Londres.

— Où est-ce que tu as appris tout ça, ma fille ?

— J'y ai réfléchi, dit-elle. J'ai eu beaucoup de temps pour penser pendant que je t'attendais.

— Tu n'as pas attendu tant que ça.

— Oh si. Tu ne sauras jamais.»

Il allait bientôt falloir choisir entre deux routes principales, très peu différentes par la longueur, et il ne savait s'il devait prendre celle qu'il connaissait et qui était une bonne route à travers une campagne agréable, qu'il avait parcourue bien des fois avec Andy et la mère de David, ou bien celle qui venait d'être achevée et qui peut-être traversait une campagne plus monotone.

Ce n'est pas un choix, pensa-t-il. Nous allons prendre la nouvelle. Pas recommencer quelque chose comme l'autre soir en traversant la piste Tamiami.

Ils écoutaient les informations à la radio, éteignant pendant les feuilletons du début de l'après-midi et rallumant toutes les heures.

« C'est jouer de la lyre pendant que Rome brûle, dit-il. Rouler vers le nord-ouest à cent vingt à l'heure dans la direction opposée d'un incendie qui vous préoccupe à l'est et en entendre parler tout en s'en éloignant.

— Si nous roulons suffisamment longtemps, nous finirons par y arriver.

— Nous allons trouver pas mal d'eau avant.

— Roger. Est-ce que tu dois y aller ? Si tu dois y aller, tu ferais mieux de le faire.

— Non, bon Dieu. Je n'ai pas à y aller. Pas encore. J'y ai réfléchi toute la matinée hier pendant que tu dormais.

— Qu'est-ce que j'ai pu dormir, non ? J'ai honte.

— Et moi, j'en suis drôlement content. Est-ce que la nuit dernière a suffi ? Il était sacrément tôt quand je t'ai réveillée.

— J'ai merveilleusement bien dormi. Roger ?

— Quoi, ma fille ?

— Nous avons été méchants de mentir à la serveuse.

— Elle posait les questions, dit Roger. C'était plus simple comme ça.

— Tu aurais pu être mon père ?

— Si je t'avais conçue à quatorze ans.

— Je suis contente que tu ne le sois pas, dit-elle. Mon Dieu, ce serait compliqué. Je suppose que c'était assez compliqué comme ça jusqu'à ce que je le simplifie. Tu crois que je vais t'ennuyer parce que j'ai vingt-deux ans et que je dors à longueur de nuit et que j'ai faim tout le temps ?

— Et que tu es la plus belle fille que j'aie jamais vue et merveilleuse et diablement étrange au lit et avec qui il est toujours amusant de parler.

— Très bien. Arrête. Pourquoi suis-je étrange au lit ?

— Tu l'es.

— J'ai demandé pourquoi ?

— Je ne suis pas professeur d'anatomie, dit-il. Je suis simplement le type qui t'aime.

— Tu n'aimes pas en parler ?

— Non. Et toi ?

— Non. Ça me rend timide et très effrayée. Toujours effrayée.

— Ma vieille Bratchen. Nous avons eu de la chance, hein ?

— Ne parlons même pas de notre chance. Tu crois que ça gêne Andy, Dave et Tom ?

— Non.

— Nous devons écrire à Tom.

— Nous le ferons.

— Que penses-tu qu'il soit en train de faire ? »

Roger regarda à travers le volant la montre sur le tableau de bord.

« Il a fini de peindre et il est en train de prendre un verre.

— Pourquoi on n'en prendrait pas un ?

— Bien. »

Elle prépara les verres dans les gobelets, mettant une poignée de glace pilée, le whisky et du White Rock. La nouvelle route était large à présent et dégagée, traversant une forêt de pins qui étaient entaillés et incisés pour la térébenthine.

« Ça ne ressemble pas aux Landes », dit Roger et, levant le gobelet, il sentit le liquide glacé dans sa bouche. C'était très bon mais la glace pilée fondait vite.

« Non. Dans les Landes, il y a cet ajonc jaune entre les pins.

— Et ils ne font pas travailler les forçats sur les arbres pour la térébenthine non plus, dit Roger. Il n'y a que des prisonniers qui travaillent dans le coin.

— Dis-moi comment ils font.

— C'est plutôt horrible, dit-il. L'État les engage dans des camps pour la térébenthine et pour le bois de charpente. Autrefois, ils attrapaient tout le monde sur les trains au pire moment de la Dépression. Tous les gens qui montaient sur les trains pour aller chercher du travail. Dans l'Est, l'Ouest ou le Sud. Ils arrêtaient les trains à la sortie de Tallahassee et rassemblaient les hommes et les conduisaient en prison et puis les condamnaient à des peines de travaux forcés et les engageaient dans les équipes pour la térébenthine et le bois de charpente. C'est un sale coin du pays. C'est vieux et tordu, avec des tas de lois et pas la moindre justice.

— Les régions de pins peuvent être agréables aussi.

— Ce n'est pas agréable ici. C'est une saloperie. Il y a des tas de gens sans foi ni loi qui y vivent mais le travail est fait par les prisonniers. C'est un pays d'esclaves. La loi n'existe que pour les étrangers.

— Je suis contente qu'on traverse vite.

— Oui. Mais nous devrions le connaître. Savoir comment c'est gouverné. Comment ça marche. Qui sont les escrocs et les tyrans et comment s'en débarrasser.

— J'adorerais faire ça.

— Tu devrais jeter un œil à la politique en Floride pour voir ce qui se passe.

— C'est vraiment mauvais ?

— Tu n'as pas idée.

— Tu en sais quelque chose ?

— Un peu, dit-il. Je m'en suis occupé un moment avec des gens bien mais nous n'avons abouti à rien. On nous a vite évangélisés. En une conversation.

— Tu n'aimerais pas faire de la politique ?

— Non. Je veux être un écrivain.

— C'est ce que je veux que tu sois. »

La route se déroulait à présent à travers des bois clairsemés et puis à travers des marécages et des cyprès et le pays du hamac et puis au loin il y avait un pont métallique enjambant un cours d'eau clair et sombre, avec un beau mouvement limpide et des chênes verts sur la rive et une pancarte sur le pont qui disait que c'était la Senwannee.

Ils étaient au-dessus, au-delà et sur la rive opposée et la route avait obliqué vers le nord.

« On dirait une rivière dans un rêve, dit Helena. Ce n'était pas extraordinaire, si claire et si sombre à la fois ? Nous ne pourrions pas la descendre en canoë un jour ?

— Je l'ai traversée plus haut et c'était aussi beau.

— Nous ferons une balade un jour ?

— Bien sûr. Il y a un coin en amont où elle est aussi claire qu'une rivière à truites.

— Il n'y a pas de serpents ?

— Je suis sûr qu'il y en a un paquet.

— Ils me font peur. Vraiment peur. Mais on pourrait faire attention, non ?

— Oui. Il faut faire ça pendant l'hiver.

— Nous avons tellement d'endroits incroyables où aller, dit-elle. Je n'oublierai jamais cette rivière désormais et pourtant c'était aussi rapide que le déclic d'un appareil de photo. Nous aurions dû nous arrêter.

— Tu veux retourner ?

— Non, pas avant de la retrouver sur le chemin inverse. Je veux qu'on roule, qu'on roule, qu'on roule.

— Il va falloir soit s'arrêter pour manger quelque chose, soit prendre des sandwiches et les manger en conduisant.

— Buvons un autre verre, dit-elle. Et puis prenons des sandwiches. Quel genre nous allons trouver ?

— Ils auront sûrement des hamburgers et peut-être du poulet grillé. »

Le second verre fut comme le premier, glacé mais la glace fondait vite à l'air et Helena le tint à l'abri du vent et le lui tendit pour qu'il boive.

« Ma fille, est-ce que tu bois plus que d'habitude ?

— Bien sûr. Tu ne pensais pas que je buvais toute seule deux verres de whisky à l'eau avant le déjeuner, non ?

— Je ne veux pas que tu boives plus que tu ne devrais.

— Je ne le ferai pas. Mais c'est drôle. Si je veux en prendre un, je le ferai. Je n'ai jamais connu ça, traverser le pays en buvant verre après verre.

— On pourrait s'amuser si on s'arrêtait et on se baladait. Le long de la côte pour voir les vieux coins. Mais je veux qu'on fonce vers l'ouest.

— Moi aussi. Je n'y suis jamais allée. On pourra toujours revenir.

— C'est tellement long. Mais c'est tellement mieux que de prendre l'avion.

— Mais c'est comme prendre l'avion. Roger, ça va être fantastique dans l'Ouest ?

— Ça l'est toujours pour moi.

— C'est une chance que je n'y sois jamais allée et qu'on le fasse ensemble, non ?

— Il y a un sacré bout de chemin à faire avant.

— Ça va être très drôle. Tu crois qu'on va traverser une ville à sandwiches bientôt ?

— On va essayer la prochaine. »

La ville suivante faisait du bois de charpente, tout au long de la rue principale avec ses bâtiments de brique rouge. Les scieries se trouvaient près de la voie ferrée et le bois était empilé le long des voies et on sentait l'odeur du cyprès et de la sciure de pin dans l'air chaud. Pendant que Roger prenait de l'essence, faisait vérifier l'eau, l'huile et la pression des pneus, Helena commanda des hamburgers et des sandwiches de porc grillé à la sauce piquante dans un bar et les rapporta dans la voiture, enveloppés dans un sac de papier brun. Elle avait de la bière dans un autre sac en papier.

De retour sur la route et loin de la chaleur de la ville, ils mangèrent les sandwiches et burent la bière froide que la fille avait ouverte.

« Je n'ai pas pu trouver la bière de notre mariage, dit-elle. C'était tout ce qu'ils avaient.

— Elle est bonne et froide. Délicieuse après le porc grillé.

— Le type a dit que c'était à peu près comme la Regal. Il a dit que je serai incapable de faire la différence.

— Elle est meilleure que la Regal.

— Elle avait un drôle de nom. Ce n'était pas un nom allemand non plus. Mais les étiquettes se sont décollées dans la glacière.

— Ça doit être sur les capsules.

— J'ai jeté les capsules.

— Attends que nous soyons dans l'Ouest. Plus on avance, meilleure est la bière.

— Je ne crois pas qu'ils puissent avoir de meilleur pain et de meilleur barbecue. Est-ce que ce n'est pas bon ?

— Ils sont drôlement bons. Ce n'est pas un coin du pays où on mange très bien non plus.

— Roger, ça t'embête beaucoup si je dors un peu après déjeuner ? Sauf si tu as sommeil.

— J'aimerais beaucoup que tu dormes. Je n'ai pas du tout sommeil. Je te le dirais, sinon.

— Il y a une autre bouteille de bière pour toi. Mince, j'ai oublié de regarder la capsule.

— Ça ne fait rien. J'aime cette boisson anonyme.

— Mais on aurait pu savoir pour la prochaine fois.

— Nous boirons une autre bière nouvelle.

— Roger, ça ne t'embête vraiment pas si je dors ?

— Non, beauté.

— Je veux rester réveillée si tu veux.

— S'il te plaît, dors et tu te sentiras seule en te réveillant et nous pourrons parler.

— Bonne nuit, Roger chéri. Merci beaucoup pour ce voyage et les deux verres et les sandwiches et la bière inconnue et le chemin le long de la Swanee et pour là où nous allons.

— Va dormir, mon bébé.

— J'y vais. Réveille-moi si tu en as envie. »

Elle dormit recroquevillée dans le siège profond et Roger conduisit, faisant attention au bétail sur la large route, roulant vite au milieu des pins, essayant de se maintenir à cent dix pour voir combien il gagnerait au compteur à chaque heure. Il n'avait jamais parcouru cette portion de route mais il connaissait cette région de l'État et il ne roulait maintenant que pour la laisser derrière lui. Il aurait fallu ne rien perdre du pays mais dans un voyage aussi long il le fallait.

La monotonie fatigue, pensa-t-il. Ça et puis le fait qu'il n'y ait aucun panorama. Ce serait une région intéressante à parcourir à pied, par temps froid, mais c'était monotone d'y rouler maintenant.

Je n'ai pas encore conduit assez longtemps pour m'y habituer. Mais je devrais avoir plus de résistance que ça. Je n'ai pas sommeil. Mes yeux, j'imagine, sont aussi ennuyés que fatigués. Je ne m'ennuie pas, pensa-t-il. Ce sont mes yeux simplement et puis le fait qu'il y a un moment que je ne suis pas resté assis aussi longtemps. C'est un autre jeu et il faut que je l'apprenne de nouveau. Après-demain sans doute, on commencera à avoir fait du chemin et ce, sans être fatigué. Je ne suis pas resté assis aussi longtemps depuis une éternité.

Il se pencha et alluma la radio et chercha une station. Helena ne se réveilla pas et donc il la laissa allumée et se mêler à sa pensée pendant qu'il conduisait.

C'est sacrément bien de l'avoir là, endormie dans la voiture, pensa-t-il. C'est une bonne compagnie même quand elle est endormie. Tu es un drôle de veinard, mon salaud, pensa-t-il. Tu as beaucoup plus de chance que tu ne le mérites. Tu pensais que tu venais d'apprendre quelque chose sur le fait d'être seul et tu y avais vraiment travaillé et tu avais appris quelque chose. Tu étais à peine parvenu à la limite de quelque chose. Et puis tu es retombé et tu as fui avec ces gens méprisables, pas aussi méprisables que l'autre bande, mais méprisables tout de même et à éviter. Ils sont probablement plus que méprisables. Tu étais certainement méprisable avec eux. Et puis tu en es sorti et tu as retrouvé la forme avec Tom et les gamins et tu savais que tu n'aurais pas pu être plus heureux et qu'il n'y avait rien à attendre si ce n'est de te retrouver seul de nouveau et alors arrive cette fille et tu fonces dans le bonheur comme si c'était un pays dont tu étais le plus gros propriétaire. Le bonheur, c'est la Hongrie d'avant la guerre et tu es le comte Karolyi. Peut-être pas le plus grand propriétaire mais le plus gros éleveur de faisans en tout cas. Je me demande si elle aime tirer le faisan. Peut-être qu'elle aimera. Je peux toujours les tirer moi-même. Ils ne me gênent pas. Je ne lui ai jamais demandé si elle savait tirer. Sa mère tirait pas mal du tout, avec cet incroyable tremblement de la tête. Ce n'était pas une méchante femme au départ. C'était une femme très bien, agréable et gentille et douée au lit et je pense qu'elle croyait vraiment tout ce qu'elle disait aux gens. Je pense vraiment qu'elle y croyait. C'est probablement ce qui était tellement dangereux. En tout cas, elle avait toujours l'air d'y croire. Mais je suppose que ça devient un handicap social d'être incapable de croire qu'un mariage n'a pas été vraiment consommé tant que le mari ne s'est pas suicidé. Tout finissait tellement violemment après avoir commencé si gentiment. J'imagine que c'est toujours comme ça avec la drogue. Mais je veux bien admettre que parmi les araignées qui dévorent leurs mâles, quelques-unes doivent être incroyablement séduisantes. Ma chère, elle n'a jamais été, vraiment jamais, aussi en forme. Ce cher Henry, c'était pour la *bonne bouche**[1]. Henry était très gentil aussi. Vous savez à quel point nous l'aimions tous.

Ces araignées ne se droguent pas non plus, pensa-t-il. Évidemment, je devrais me souvenir au sujet de cette enfant, exactement comme il faut se souvenir de la vitesse de décrochage d'un avion, que sa mère était sa mère.

Tout ça est très simple, pensa-t-il. Mais tu sais bien que ta propre mère était une garce. Mais tu sais aussi que tu es un salaud d'une facture bien différente de la sienne. Alors pourquoi sa vitesse de décrochage serait-elle la même que celle de sa mère ? Ce n'est pas ton cas.

Personne n'a jamais dit que ça l'était. Le sien, je veux dire. Ce que tu as dit, c'était que tu devrais te souvenir de sa mère comme tu pourrais et ainsi de suite.

C'est dégueulasse aussi, pensa-t-il. Pour rien, sans aucune raison, quand tu en as le plus besoin, tu as cette fille, librement et de son plein gré, adorable, aimante, et pleine d'illusions à ton sujet et endormie près de toi, tu commences à détruire ça et à le rejeter sans même accorder la formalité du chant du coq, ni deux ni trois fois, ni même à la radio.

Tu es un salaud, pensa-t-il en regardant la fille endormie sur le siège à côté de lui.

1. Les mots et phrases en italique avec astérisque sont en français dans le texte. (*N.d.T.*)

Je suppose que tu commences à la détruire par peur de la perdre ou de la voir prendre trop d'emprise sur toi ou par peur que ce ne soit pas vrai, mais ce n'est pas une bonne chose à faire. J'aimerais que tu aies quelque chose, en dehors de tes enfants, que tu ne finisses pas par détruire. La mère de la fille était et reste une garce et ta mère était une garce. Ça devrait te rapprocher d'elle et t'aider à la comprendre. Ça ne veut pas dire qu'elle sera une garce, pas plus que tu ne seras un salaud. Elle pense que tu es un type beaucoup mieux que tu n'es. Tu as été bien pendant longtemps et peut-être que tu peux être bien. Pour autant que je sache tu n'as rien fait de cruel depuis cette nuit sur le quai avec le brave type et la femme et le chien. Tu n'as pas bu. Tu n'as pas été méchant. C'est une honte que tu n'ailles plus à l'église parce que tu pourrais faire une excellente confession.

Elle te voit tel que tu es à présent et tu as été un type bien ces dernières semaines et elle pense probablement que tu as toujours été comme ça et que les gens disaient simplement du mal de toi.

Maintenant tu peux vraiment recommencer à zéro. Tu peux vraiment. *S'il te plaît, ne sois pas idiot*, disait une autre partie de lui-même. Tu peux vraiment, se dit-il. Tu peux être aussi bien qu'elle le pense et que tu l'es en ce moment. Tout recommencer, ça existe et c'est la chance qui t'a été donnée et tu peux le faire et tu vas le faire. *Tu feras toutes les promesses à nouveau ?* Oui. Si c'est nécessaire, je ferai toutes les promesses et je les tiendrai. *Pas toutes les promesses, sachant que tu ne les as pas respectées ?* Il ne pouvait rien répondre à ça. *Ne triche pas avant même d'avoir commencé.* Non. Je ne le ferai pas. *Dis-toi ce que tu peux vraiment faire chaque jour et puis fais-le. Chaque jour. Fais-le jour après jour et tiens les promesses que tu as faites à elle et à toi.* De cette façon je peux tout recommencer, pensa-t-il, et rester honnête quand même.

Tu es en train de devenir un sacré moraliste, pensa-t-il. Si tu ne fais pas attention, tu vas vite l'ennuyer. *Quand n'as-tu pas été un moraliste ?* À différentes époques. *Ne te raconte pas d'histoires.* Bon, dans différents endroits. *Ne te raconte pas d'histoires.*

D'accord, Conscience, dit-il. Seulement, ne sois pas solennelle et didactique. Prends ta part, Conscience vieille amie, je sais combien tu es utile et importante et comment tu aurais pu me tenir à l'écart de tous les ennuis que j'ai connus, mais ne pourrais-tu pas avoir un peu plus de doigté ? Je sais que la conscience parle en italique mais parfois j'ai l'impression de t'entendre en gothique. Je prendrais tout beaucoup mieux, Conscience, si tu n'essayais de me faire peur. De la même manière que je prendrais les Dix Commandements très au sérieux même s'ils n'étaient pas gravés sur des tables de pierre. Tu sais, Conscience, il est loin le temps où nous avions peur du tonnerre. Maintenant, la foudre : là tu marques un point. Mais le tonnerre ne nous fait plus beaucoup d'effet. *J'essaie de t'aider, fils de pute*, dit sa conscience.

La fille dormait toujours et ils grimpaient sur les hauteurs en direction de Tallahassee. Elle se réveillera sans doute au premier feu rouge, pensa-t-il. Mais ce ne fut pas le cas et il traversa la vieille ville et prit sur la gauche la 319 en direction du sud, au milieu d'une magnifique campagne boisée qui longeait la côte du golfe.

Il y a quelque chose d'unique chez toi, ma fille, pensa-t-il. Non seulement tu dors plus que n'importe qui d'autre, tu as le plus bel appétit qui soit compte tenu de ta morphologie, mais tu disposes d'une capacité absolument angélique de ne pas avoir besoin d'aller aux toilettes.

Leur chambre se trouvait au quatorzième étage et elle n'était pas très fraîche. Mais avec les ventilateurs et les fenêtres ouvertes c'était un peu mieux et, quand le garçon d'étage fut parti, Helena dit : « Ne sois pas déçu, chéri. S'il te plaît. C'est charmant.

— Je croyais que je pourrais en avoir une avec l'air conditionné pour toi.

— C'est horrible pour dormir, vraiment. Comme dans un caveau. Celle-ci sera très bien.

— Nous aurions pu essayer les deux autres. Mais je suis connu là-bas.

— Ils vont nous connaître tous les deux ici maintenant. Quel est notre nom ?

— M. et Mme Robert Harris.

— Quel nom magnifique ! Nous devons en être dignes. Tu veux prendre ton bain le premier ?

— Non. Toi.

— Très bien. Mais je vais prendre un vrai bain.

— Vas-y. Dors dans la baignoire si tu veux.

— C'est possible. Je n'ai pas dormi de toute la journée, non ?

— Tu as été merveilleuse. Il y a eu des moments plutôt ennuyeux.

— Ce n'était pas si mal. La plupart du temps, c'était ravissant. Mais La Nouvelle-Orléans n'est vraiment pas comme je m'y attendais. Tu savais déjà que c'était si plat et morne ? Je ne sais pas ce que j'attendais. Marseille, je suppose. Et de voir le fleuve.

— C'est juste pour y manger et boire. Le quartier par ici n'est pas si mal la nuit. C'est même vraiment joli.

— Ne sortons pas avant la nuit. Ça va par ici. Il y a des choses adorables.

— Nous ferons ça et puis, demain matin, nous serons repartis.

— Ça nous laisse le temps de ne faire qu'un dîner.

— Ça va. Nous reviendrons quand il fera froid et qu'on pourra vraiment manger.

— Chéri, dit-elle. C'est un peu la première déception que nous avons. Alors ne la laissons pas nous décevoir. Nous allons prendre des grands bains et quelques verres et faire un dîner deux fois plus cher que ce que nous pouvons nous permettre et nous irons nous coucher pour faire l'amour.

— Au diable La Nouvelle-Orléans des films ! dit Roger. Nous avons La Nouvelle-Orléans au lit.

— Manger d'abord. Tu n'as pas commandé de la White Rock et de la glace ?

— Si. Tu veux un verre ?

— Non. J'étais seulement inquiète pour toi.

— Ça va arriver », dit Roger. On frappa à la porte. « Voilà. Tu commences pour le bain.

— Ce sera merveilleux, dit-elle. Il n'y aura que mon nez hors de l'eau, et le bout de mes seins peut-être et mes doigts de pied, et je vais le prendre tel qu'il a coulé. »

Le garçon d'étage apporta le seau à glace, l'eau minérale et les journaux, prit son pourboire et sortit.

Roger prépara un verre et s'installa pour lire. Il était fatigué et cela lui fit du bien de s'allonger sur le lit avec les deux oreillers pliés sous la nuque, et il lut les journaux du soir et du matin. Les choses n'allaient pas si bien que ça en Espagne mais rien n'avait encore pris forme. Il lut toutes les nouvelles sur l'Espagne dans les trois journaux et puis les autres nouvelles et enfin les nouvelles locales.

« Tu es bien, chéri ? cria Helena depuis la salle de bains.

— Merveilleusement bien.

— Tu t'es déshabillé ?

— Oui.

— Tu portes quelque chose ?

— Non.

— Tu es très bronzé ?

— Encore.

— Tu sais que l'endroit où nous nous sommes baignés ce matin est la plage la plus ravissante que je connaisse ?

— Je me demande comment elle peut prendre cet aspect si blanc et si farineux.

— Chéri, tu es très, très bronzé ?

— Pourquoi ?

— J'étais en train de penser à toi.

— L'eau froide, c'est censé être bon pour ça.

— Je suis bronzée sous l'eau. Tu aimerais.

— J'aime.

— Continue à lire, dit-elle. Tu lis, non ?

— Oui.

— Ça va l'Espagne ?

— Non.

— Je suis vraiment désolée. Ça va très mal ?

— Non. Pas encore. Pas vraiment.

— Roger ?

— Oui.

— Tu m'aimes ?

— Oui, ma fille.

— Reprends ta lecture maintenant. Je penserai à ça sous l'eau. »

Roger s'allongea et écouta les bruits qui montaient de la rue et lut les journaux et but son verre. C'était presque la meilleure heure de la journée. C'était l'heure à laquelle il était toujours allé au café seul quand il vivait à Paris, pour lire les journaux du soir et prendre son apéritif. Cette ville ne ressemblait en rien à Paris ou à Orléans d'ailleurs. Orléans n'avait rien d'une ville non plus. Mais c'était assez agréable. Probablement une meilleure ville pour y vivre que celle-ci. Il ne connaissait pas les environs de la ville et il savait qu'il n'en disait que des choses stupides.

Il avait toujours aimé La Nouvelle-Orléans, le peu qu'il en connaissait, mais c'était une déception pour quiconque en attendait quelque chose. Et ce n'était certainement pas le bon mois pour y arriver.

Le meilleur mois pour y arriver avait été cette fois pendant l'hiver quand il était venu avec Andy, et cette autre fois quand il y était passé avec David. En allant vers le nord avec Andy, ils n'étaient pas passés par La Nouvelle-Orléans. Ils l'avaient contournée par le nord pour gagner du temps et avaient roulé au nord du lac Pontchartrain par Hammond jusqu'à Baton Rouge sur une nouvelle route en cours de construction, ce qui les avait obligés à faire de nombreux détours et puis ils étaient remontés au nord à travers le Mississippi à la limite septentrionale du blizzard qui descendait du nord. Ils étaient arrivés à La Nouvelle-Orléans en retournant vers le sud. Mais il faisait encore froid et ils avaient passé un délicieux moment à manger et à boire, et la ville leur avait paru gaie et nette dans le froid, et non moite et humide, et Andy avait exploré tous les magasins d'antiquités et acheté un sabre avec ses étrennes. Il avait placé le sabre dans le coffre derrière le siège dans la voiture et avait dormi avec dans son lit.

Quand David et lui étaient passés, c'était pendant l'hiver et ils avaient établi leur quartier général dans ce restaurant sans touristes qu'il faudrait qu'il retrouve. Il avait le souvenir que c'était dans une cave avec des chaises et des tables en teck ou qu'ils étaient assis sur des bancs. Ce n'était probablement pas comme ça et c'était comme un rêve et il ne se souvenait ni du nom ni du quartier, sauf qu'il pensait que c'était à l'opposé de chez Antoine, dans une rue est-ouest et non nord-sud et que David et lui y étaient restés deux jours. Sans doute mélangeait-il avec un autre endroit. Il y avait un endroit à Lyon et un autre près du parc Monceau qui se confondaient toujours dans ses rêves. C'était une de ces choses qui arrivent quand vous êtes ivre et que vous êtes jeune. Vous inventez des endroits que vous ne pouvez plus jamais retrouver et qui sont mieux que n'importe quel endroit au monde. Il savait toutefois qu'il n'était pas allé dans cet endroit avec Andy.

« Je sors, dit-elle. Sens comme je suis fraîche, dit-elle sur le lit. Sens jusqu'en bas. Non, ne t'en va pas. Tu me plais.

— Non. Laisse-moi prendre une douche.

— Si tu veux. Mais je préférerais que non. Tu ne rinces pas les oignons avant de les mettre dans un cocktail ? Tu ne rinces pas le vermouth, non ?

— Je rince le verre et la glace.

— Ce n'est pas la même chose. Tu n'es ni le verre ni la glace. Roger, s'il te plaît, fais-le encore. Encore est un joli mot, non ?

— Encore et encore », dit-il.

Doucement, il suivit la courbe adorable qui allait de sa hanche et ses côtes à l'arrondi pommelé de ses seins.

« C'est une bonne courbe ? »

Il embrassa ses seins et elle dit : « Fais très attention quand ils sont froids comme ça. Fais très attention et sois gentil. Tu sais à quel point c'est douloureux ?

— Oui, dit-il. Je sais à quel point c'est douloureux. »

Puis elle dit : « L'autre est jaloux. »

Un peu après elle dit : « Ils n'ont pas bien prévu les choses, que j'aie deux seins et que tu ne puisses en embrasser qu'un. Ils ont tout séparé beaucoup trop. »

Sa main vint couvrir l'autre, ses doigts l'ef-

fleurant à peine et puis ses lèvres se promenèrent sur toute son adorable fraîcheur et rencontrèrent les siennes. Elles se trouvèrent et se
frottèrent très légèrement, balayant d'un côté à
l'autre, ne perdant rien de l'adorable protection
externe et puis il l'embrassa.

« Oh, chéri, dit-elle. Oh, s'il te plaît, chéri. Mon
cher tendre adorable amour. Oh, s'il te plaît, s'il
te plaît, s'il te plaît, mon cher amour. »

Après un long moment, elle dit : « Je suis vraiment désolée si j'ai été égoïste pour ton bain.
Mais quand je suis sortie du mien j'étais égoïste.

— Tu n'étais pas égoïste.

— Roger, tu m'aimes toujours ?

— Oui, ma fille.

— Est-ce que tu te sens différent après ?

— Non. » Il mentit.

« Moi, pas du tout. Je me sens simplement
mieux après. Il faut que je te le dise.

— Tu me le dis.

— Non. Je ne te le dirai pas trop. Mais nous
passons des moments délicieux, non ?

— Oui, dit-il très honnêtement.

— Après ton bain, nous pouvons sortir.

— J'y vais.

— Tu sais peut-être que nous devrions rester
demain. Je devrais avoir une manucure et me
faire laver les cheveux. Je peux tout faire moi-
même mais tu préférerais peut-être que ce soit
fait comme il faut. Comme ça nous pourrions
dormir tard et puis passer une partie de la jour-

née en ville et repartir ensuite le lendemain matin.

— Ce serait bien.

— J'aime La Nouvelle-Orléans maintenant. Pas toi ?

— La Nouvelle-Orléans est merveilleuse. Ça a tellement changé depuis la dernière fois que nous sommes venus.

— J'y vais d'abord. J'en ai pour une minute. Ensuite tu peux prendre ton bain.

— Je veux juste prendre une douche. »

Peu après ils prirent l'ascenseur. Il y avait des filles noires qui faisaient fonctionner les ascenseurs et elles étaient jolies. L'ascenseur était rempli par les invités d'une fête au-dessus, aussi descendirent-ils vite. La descente le fit se sentir plus vide que jamais à l'intérieur. Il sentit Helena contre lui du côté où les gens se bousculaient.

« Si jamais un jour tu ne ressens plus rien en voyant un marlin sortir de l'eau ou quand tu descends dans un ascenseur, c'est le moment de raccrocher les gants, lui dit-il.

— Je ressens encore quelque chose, dit-elle. Ce sont les seules choses pour lesquelles il faille raccrocher les gants ? »

La porte s'était ouverte et ils traversaient le désuet hall de marbre rempli à cette heure par des gens attendant d'autres gens, par des gens attendant de dîner, par des gens attendant simplement, et Roger dit : « Marche devant et laisse-moi te regarder.

— Où est-ce que je vais ?

— Droit sur la porte du bar climatisé. »

Il la rattrapa à la porte.

« Tu es belle. Tu as une démarche merveilleuse et si j'étais ici et que je te voyais maintenant pour la première fois, je serais amoureux de toi.

— Si je te voyais de l'autre côté de la pièce, je serais amoureuse de toi.

— Si je te voyais pour la première fois, tout se retournerait en moi et ma poitrine serait percée par la douleur.

— C'est ce que je ressens tout le temps.

— Tu ne peux pas le ressentir tout le temps.

— Peut-être pas. Mais je peux me sentir comme ça la plupart du temps.

— Ma fille, est-ce que La Nouvelle-Orléans n'est pas un endroit parfait ?

— Nous avons de la chance d'être venus ici, non ? »

Il semblait faire très froid dans l'agréable bar lambrissé et haut de plafond et Helena, en s'asseyant à côté de Roger à une table, dit : « Regarde », et elle lui montra les minuscules grains de la chair de poule sur son bras bronzé. « Tu peux me faire cet effet aussi, dit-elle. Mais cette fois c'est l'air conditionné.

— Il fait vraiment froid. Quelle sensation merveilleuse !

— Qu'est-ce que nous devrions boire ?

— Est-ce que nous allons prendre une cuite ?

— Une petite cuite.

— Alors je vais boire de l'absinthe.

— Tu crois que je devrais ?

— Pourquoi ne pas essayer. Tu n'en as jamais pris ?

— Non. Je me réservais pour en boire avec toi.

— Ne raconte pas d'histoires.

— Je ne raconte pas d'histoires. C'est vrai.

— Ma fille, ne te mets pas à raconter des histoires.

— Je n'en raconte pas. Je n'ai pas préservé ma virginité parce que je pensais que ça t'ennuierait et aussi parce que je t'ai laissé tomber un moment. Mais j'ai préservé l'absinthe. Vraiment.

— Avez-vous de la véritable absinthe ? demanda Roger au garçon.

— Nous ne sommes pas censés, dit le garçon. Mais j'en ai.

— La véritable Couvert Pontarlier à soixante-huit degrés ? Pas la Tarragova ?

— Oui, monsieur, dit le garçon. Je ne peux pas vous apporter la bouteille. Ce sera dans une bouteille de Pernod ordinaire.

— Je peux dire si c'en est, dit Roger.

— Je veux bien le croire, monsieur, dit le garçon. Vous la voulez frappée ou au goutte-à-goutte ?

— Directement, au goutte-à-goutte. Vous avez les verres à absinthe ?

— Naturellement, monsieur.

— Sans sucre.

— Madame prendra-t-elle du sucre, monsieur ?

— Non. Laissons-la essayer sans.

— Très bien, monsieur. »

Après le départ du garçon, Roger prit la main d'Helena sous la table. « Salut, ma beauté.

— C'est merveilleux. Nous ici et ce bon vieux poison qui arrive et nous irons dîner dans un bon endroit.

— Et puis nous irons au lit.

— Tu aimes le lit autant que tout le reste ?

— Jamais avant. Mais maintenant, oui.

— Pourquoi jamais avant ?

— N'en parlons pas.

— Nous n'en parlerons pas.

— Je ne te parle pas de tous les gens dont tu as été amoureuse. Nous n'avons pas à parler de Londres, non ?

— Non.

— Nous pouvons parler de toi et de ta beauté. Tu sais que tu bouges encore comme un jeune cheval ?

— Roger, dis-moi, est-ce que j'ai vraiment marché comme tu aimes ?

— Tu me brises le cœur quand tu marches.

— Tout ce que je fais, c'est de garder mes épaules vers l'arrière et ma tête bien droite et de marcher. Je sais qu'il y a des trucs que je devrais connaître.

— Quand on a l'allure que tu as, ma fille, il n'y a pas de trucs. Tu es tellement belle que je serais heureux rien qu'en te regardant.

— Pas pour toujours, j'espère.

— Des journées, dit-il. Écoute, ma fille. Le truc avec l'absinthe, c'est que tu dois la boire drôlement lentement. Ça n'a pas un goût très fort mélangé avec de l'eau mais tu dois me croire, ça l'est.

— Je le crois. Credo Roger.

— J'espère que tu ne le transformeras pas comme Lady Caroline l'a fait.

— Je ne le changerai jamais sauf pour une bonne raison. Mais tu n'es pas du tout comme lui.

— Je ne voudrais pas.

— Tu ne l'es pas. Au collège, quelqu'un a essayé de me dire qui tu étais. Ils le disaient comme un compliment, je crois, mais j'étais terriblement en colère et j'ai fait toute une histoire avec le professeur d'anglais. Ils nous faisaient lire tes livres, tu sais. Je veux dire, ils faisaient lire les autres. J'avais tout lu. Il n'y en a pas beaucoup, Roger. Tu ne crois pas que tu devrais travailler plus ?

— Je vais travailler maintenant dès que nous serons dans l'Ouest.

— Peut-être que nous ne devrions pas rester demain alors. Je serai tellement heureuse quand tu travailleras.

— Plus heureuse que maintenant ?

— Oui, dit-elle. Plus heureuse que maintenant.

— Je vais travailler dur. Tu verras.

— Roger, tu crois que je ne suis pas bien
pour toi ? Est-ce que je te fais boire ou je te fais
l'amour plus que tu ne voudrais ?

— Non, ma fille.

— Je suis drôlement contente si c'est vrai,
parce que je veux être bien pour toi. Je sais que
c'est une faiblesse et une bêtise mais je me
raconte des histoires pendant la journée et dans
l'une d'elles je te sauve la vie. Parfois, c'est de
la noyade, parfois c'est de sous un train et parfois dans un avion et parfois en montagne. Tu
peux rire si tu veux. Et puis il y en a une où
je rentre dans ta vie à un moment où tu es
dégoûté et déçu de toutes les femmes et tu
m'aimes tellement et je m'occupe tellement
bien de toi que tu entres dans une période
d'écriture merveilleuse. C'est une histoire merveilleuse. Je me la racontais aujourd'hui encore
dans la voiture.

— C'en est une que suis presque sûr d'avoir
vue dans un film ou lue quelque part.

— Oh, je sais. Je l'ai vue là aussi. Et je suis
sûre que je l'ai lue. Mais tu ne crois pas que ça
arrive ? Tu ne crois pas que je pourrais être
bien pour toi ? Pas d'une façon gnangnan ou en
te donnant un petit *enfant* mais vraiment bien
pour toi, que tu puisses écrire mieux que tu ne
l'as jamais fait et être heureux en même temps ?

— Ils le font dans les films. Pourquoi on ne le ferait pas nous ? »

L'absinthe était là et de l'eau, que Roger avait versée d'un pichet, coulait depuis les soucoupes de glace pilée posées sur les verres dans la liqueur jaune clair, la transformant en une opalescence laiteuse.

« Essaie ça, dit Roger quand la teinte fut suffisamment nébuleuse.

— C'est très étrange, dit la fille. Ça chauffe dans l'estomac. Ça a un goût de médicament.

— C'est un médicament. Un médicament sacrément puissant.

— Je n'ai pas encore vraiment besoin d'un médicament, dit la fille. Mais c'est drôlement bon. Quand allons-nous être soûls ?

— À tout moment. Je vais en prendre trois. Tu prends ce que tu veux. Mais vas-y lentement.

— Je verrai comment je me sens. Je ne sais rien si ce n'est que c'est une sorte de médicament. Roger ?

— Oui, ma fille. »

Il commençait à sentir la chaleur d'un fourneau d'alchimiste le démanger au fond de l'estomac.

« Roger, est-ce que tu penses que je pourrais être bien pour toi comme dans l'histoire que je me suis racontée ?

— Je crois que nous pourrions être bien l'un pour l'autre et bien ensemble. Mais je n'aime pas que ce soit à partir d'histoires qu'on se raconte. Je crois que les histoires qu'on se raconte, c'est mauvais.

— Mais tu vois, c'est comme ça que je suis. Si j'avais le sens pratique, je ne serais jamais partie pour Bimini. »

Je ne sais pas, pensa Roger. Si c'était ce que tu voulais faire, c'était tout à fait du sens pratique. Tu ne t'es tout simplement pas raconté d'histoires là-dessus. Et une autre partie de lui-même pensa : tu es en train de perdre les pédales, espèce de salopard, si l'absinthe peut réveiller le salaud en toi aussi vite. Mais ce qu'il dit fut : « Je ne sais pas, ma fille. Je crois que les histoires qu'on se raconte, c'est dangereux. Et d'abord, tu pourrais te raconter des histoires sur quelque chose d'inoffensif, comme moi, et il pourrait y avoir des tas d'autres sortes d'histoires. Il pourrait y en avoir de mauvaises.

— Tu n'es pas si inoffensif.

— Oh si, je le suis. Ou les histoires le sont en tout cas. Me sauver est assez inoffensif. Mais tu pourrais commencer par me sauver et puis après vouloir sauver le monde. Et ensuite tu pourrais commencer à te sauver toi-même.

— J'aimerais sauver le monde. J'aurais toujours souhaité pouvoir le faire. C'est une sacrée histoire à se raconter. Mais je veux te sauver d'abord.

— Je commence à avoir peur », dit Roger.

Il but un peu plus d'absinthe et se sentit mieux mais il était inquiet.

« Tu t'es toujours raconté des histoires ?

— Depuis que j'ai des souvenirs. Je m'en suis raconté sur toi pendant douze ans. Je ne te les ai pas toutes racontées. Il y en a des centaines.

— Pourquoi tu n'écris pas au lieu de te raconter des histoires ?

— J'écris. Mais ce n'est pas aussi amusant que de se raconter des histoires et c'est beaucoup plus dur. Et puis elles ne sont pas aussi bonnes. Celles que je me raconte sont merveilleuses.

— Mais tu es toujours l'héroïne des histoires que tu écris ?

— Non. Ce n'est pas aussi simple.

— Bon, ce n'est pas la peine de nous en préoccuper maintenant. » Il but une autre gorgée d'absinthe qu'il fit rouler sous sa langue.

« Je ne m'en préoccupe jamais, dit la fille. Tout ce que je voulais, depuis toujours, c'était toi et maintenant je suis avec toi. Maintenant je veux que tu sois un grand écrivain.

— Peut-être que nous ne devrions même pas rester pour dîner », dit-il. Il était encore très inquiet et la chaleur de l'absinthe s'était déplacée vers la tête à présent et ça ne lui inspirait pas confiance. Il se dit à lui-même : que penses-tu qu'il puisse se passer qui soit sans conséquences ? Quelle femme au monde, pensais-tu, serait en aussi bon état qu'une Buick d'occasion ? Tu n'as connu que deux femmes en bon état dans ta vie et tu les as perdues toutes les deux. Qu'est-ce qu'elle voudra ensuite ? Et l'autre partie de son cerveau dit : salut salaud. L'absinthe t'a fait sortir de bonne heure ce soir.

Aussi dit-il : « Ma fille, pour l'instant, essayons d'être bien l'un pour l'autre et de nous aimer » (il prononça le mot *bien* comme si l'absinthe en avait fait un mot difficile à articuler) « et dès que nous serons là où nous allons, je travaillerai aussi dur et aussi bien que je peux.

— C'est adorable, dit-elle. Et ça ne t'embête pas que je t'aie dit que je me racontais des histoires ?

— Non. » Il mentait. « C'étaient de très jolies histoires. » Ce qui était vrai.

« Je peux en avoir une autre ? demanda-t-elle.

— Bien sûr. » Il aurait voulu à présent qu'ils n'en aient jamais pris, même si c'était la boisson qu'il préférait presque à toute autre au monde. Mais presque tout ce qui lui était arrivé de mauvais s'était passé quand il buvait de l'absinthe, ces mauvaises choses qui étaient de sa faute. Il se rendait compte qu'elle savait que quelque chose n'allait pas et il fit un effort énorme sur lui-même pour que rien de mauvais n'arrive.

« J'ai dit quelque chose que je n'aurais pas dû dire ?

— Non, ma fille. À ta santé.

— À la nôtre. »

La deuxième a toujours un meilleur goût que la première parce que certaines papilles gustatives deviennent indifférentes à l'amertume de l'armoise, de sorte que, sans devenir douce ou même plus douce, elle devient moins amère et certaines parties de la langue l'apprécient davantage.

« C'est étrange et merveilleux. Mais tout ce que ça fait jusqu'à présent, c'est de nous amener à la limite du malentendu, dit la fille.

— Je sais, dit-il. Essayons de passer ensemble.

— Est-ce que tu croyais que j'étais ambitieuse ?

— Ça va pour les histoires.

— Non. Ça ne va pas pour toi. Je ne pourrais pas t'aimer autant que je t'aime et ne pas savoir quand tu es en colère.

— Je ne suis pas en colère. » Il mentait. Et je ne vais me mettre en colère, résolut-il. « Parlons d'autre chose.

— Ce sera merveilleux quand nous serons là-bas et que tu pourras travailler. »

Elle est un petit peu obtuse, pensa-t-il. Ou peut-être que l'absinthe la rend comme ça ? Mais il dit : « Ça le sera. Mais tu ne vas pas t'ennuyer ?

— Bien sûr que non.

— Je travaille vraiment dur quand je travaille.

— Je travaillerai aussi.

— Ce sera drôle, dit-il. Comme *Mr. et Mrs. Browning*. Je n'ai jamais vu la pièce.

— Roger, tu as besoin de te moquer ?

— Je ne sais pas. » Maintenant, reprends-toi,

se dit-il. C'est le moment de te reprendre. Sois gentil à présent. « Je me moque de tout, dit-il. Je pense que ce sera bien. Et c'est beaucoup mieux que tu travailles pendant que j'écris.

— Ça ne t'embêtera pas de lire mes histoires une fois ?

— Non. J'aimerais.

— Vraiment ?

— Non. Bien sûr. J'aimerais vraiment. Vraiment.

— Quand on boit ça, on a l'impression qu'on pourrait faire n'importe quoi, dit la fille. Je suis drôlement contente de n'en avoir jamais bu avant. Ça t'embête que nous parlions d'écriture, Roger ?

— Bon Dieu non.

— Pourquoi tu as dit "Bon Dieu non" ?

— Je ne sais pas, dit-il. Parlons d'écriture. Vraiment. Je suis sérieux. Quoi sur l'écriture ?

— Maintenant tu me fais me sentir comme une idiote. Tu n'as pas besoin de me considérer comme un égal ou un partenaire. Je voulais seulement dire que j'aimerais en parler si tu en as envie.

— Parlons-en. Quoi exactement ? »

La fille commença à pleurer, assise bien droite et ses yeux dans les siens. Elle ne sanglotait pas et ne détournait pas la tête. Elle le regardait simplement et des larmes coulaient sur ses joues et sa bouche devint plus lourde mais sans bouger ni se tordre.

« S'il te plaît, ma fille, dit-il. S'il te plaît. Parlons-en ou de n'importe quoi d'autre et je serai gentil. »

Elle mordit sa lèvre et puis dit : « Je suppose que je voulais qu'on soit des partenaires même si j'ai dit le contraire. »

J'imagine que ça fait partie du rêve et pourquoi, bon Dieu, ça n'en ferait pas partie ? pensa Roger. Pour quelle raison faut-il que tu la blesses, salopard ? Sois gentil maintenant, vite, avant de la blesser.

« Tu vois, j'aimerais t'avoir pas juste comme moi au lit mais comme moi dans la tête et j'aimerais parler des choses qui nous intéressent tous les deux.

— Nous le ferons, dit-il. Nous allons le faire maintenant. Bratchen, ma fille, qu'est-ce qu'il y a avec l'écriture, ma beauté chérie ?

— Ce que je voulais te dire, c'était que boire ça me donnait la même impression que lorsque je vais écrire. Que je pourrais faire n'importe quoi et que je peux écrire merveilleusement bien. Et puis j'écris et c'est plat tout simplement. Plus j'essaie d'être vraie, plus c'est plat. Et quand ce n'est pas vrai, c'est idiot.

— Embrasse-moi.

— Ici ?

— Oui. »

Il se pencha au-dessus de la table et l'embrassa. « Tu es sacrément belle quand tu pleures.

— Je suis vraiment désolée d'avoir pleuré,

dit-elle. Ça ne t'embête pas du tout qu'on en parle maintenant, hein ?

— Bien sûr que non.

— Tu vois, c'était une des choses que j'attendais avec impatience. »

Oui, je l'imagine volontiers, pensa-t-il. Et pourquoi pas ? Et nous allons le faire. Peut-être que je vais finir par aimer.

« Qu'est-ce qu'il y a avec l'écriture ? dit-il. En dehors du fait que ça va être merveilleux et que ça devient plat ensuite ?

— Ce n'était pas comme ça pour toi quand tu as commencé ?

— Non. Quand je commençais j'avais l'impression que je pouvais faire n'importe quoi, et pendant que je le faisais j'avais l'impression que je créais le monde et quand je le lisais je pensais : c'est tellement bon que ce n'est pas moi qui ai pu l'écrire. J'ai dû le lire quelque part. Probablement dans le *Saturday Evening Post.*

— Tu n'étais jamais découragé ?

— Pas quand j'ai commencé. Je pensais que j'écrivais les meilleures histoires jamais écrites et que les gens n'étaient pas assez intelligents pour s'en rendre compte.

— Tu étais vraiment aussi prétentieux ?

— Pire probablement. Sauf que je ne pensais pas être prétentieux. J'avais simplement confiance.

— Si c'étaient tes premières histoires, celles que j'ai lues, tu avais raison d'avoir confiance.

— Ce n'étaient pas les premières, dit-il. Toutes ces premières histoires écrites dans la confiance ont été perdues. Celles que tu as lues datent de l'époque où je n'avais pas du tout confiance.

— Comment ont-elles été perdues, Roger ?

— C'est une horrible histoire. Je te la raconterai un jour.

— Tu ne voudrais pas me la raconter maintenant ?

— Je déteste parce que c'est arrivé à d'autres gens et à de meilleurs écrivains que moi et qu'elle a l'air d'une histoire inventée. Il n'y avait aucune raison que ça arrive et pourtant c'est arrivé plusieurs fois et ça fait encore un mal de chien. Non, pas vraiment. Il y a une cicatrice par-dessus maintenant. Une belle cicatrice bien épaisse.

— S'il te plaît, raconte-moi. Si c'est une cicatrice et pas une croûte, elle ne fera pas mal, non ?

— Non, ma fille. Voilà, j'étais très méthodique à l'époque et je gardais mes manuscrits originaux dans une chemise cartonnée et les feuillets tapés à la machine dans une autre et les carbones dans une autre. J'imagine que ce n'était pas une méthode si absurde. Je ne sais pas comment on pourrait faire autrement. Oh, et merde avec cette histoire.

— Non, raconte-moi.

— Bien. Je travaillais à la Conférence de Lausanne et les vacances approchaient et la mère d'Andrew qui était une fille adorable et très belle et gentille…

— Je n'ai jamais été jalouse d'elle, dit la fille. J'étais jalouse de la mère de David et de Tom.

— Tu ne devrais être jalouse d'aucune des deux. Elles étaient toutes les deux merveilleuses.

— J'étais jalouse de la mère de Dave et de Tom, dit Helena. Je ne le suis pas maintenant.

— C'est drôlement noble de ta part, dit Roger. Peut-être que nous devrions lui envoyer un télégramme.

— Continue l'histoire, s'il te plaît, et ne sois pas méchant.

— D'accord. Donc, la mère d'Andy pensa qu'elle pourrait apporter mes trucs pour que je les aie avec moi et que je puisse travailler un peu pendant que nous serions en vacances ensemble. Elle devait m'en faire la surprise. Elle ne m'avait rien écrit à ce propos et, quand je la retrouvai à Lausanne, je n'étais au courant de rien. Elle avait un jour de retard et m'avait envoyé un télégramme pour me prévenir. La seule chose que je compris, c'est qu'elle pleurait au moment où je la vis et elle pleura et pleura, et quand je lui demandai quel était le problème, elle me dit que c'était trop horrible pour me le raconter et elle pleura encore. Elle pleurait comme si on lui avait brisé le cœur. Est-ce que je dois raconter cette histoire ?

— S'il te plaît, raconte-moi.

— Pendant toute cette matinée, elle ne me dit rien et je pensai aux pires choses possibles qui seraient arrivées et je lui demandai si c'était ce qui s'était passé. Mais elle se contentait de remuer la tête. La pire chose à laquelle je pouvais penser était qu'elle m'avait *trompé** ou qu'elle était amoureuse de quelqu'un d'autre et, quand je le lui demandai, elle dit : "Oh, comment peux-tu dire ça ?" et elle pleura encore. Alors je me sentis soulagé et puis finalement elle me raconta.

« Elle avait rangé toutes les chemises de manuscrits dans une valise et avait laissé la valise avec d'autres sacs dans son compartiment de première classe de l'express Paris-Lausanne-Milan pour descendre sur le quai acheter un journal de Londres et une bouteille d'Évian. Tu te souviens de la gare de Lyon et des comptoirs roulants qu'ils ont avec les journaux et les magazines et l'eau minérale et les petites bouteilles de cognac et les sandwiches au jambon dans ce long pain pointu enveloppés dans du papier et de ces autres chariots avec les oreillers et les couvertures que tu loues ? Enfin, quand elle est revenue dans le compartiment avec son journal et sa bouteille, la valise avait disparu.

« Elle a fait tout ce qui pouvait être fait. Tu connais la police française. La première chose qu'elle dut faire fut de montrer sa *carte d'identité** et d'essayer de prouver qu'elle n'était pas une sorte d'escroc international et qu'elle n'était pas prise d'hallucinations et qu'elle était bien sûre d'avoir eu une valise et est-ce que les documents avaient de l'importance d'un point de vue politique et de plus, madame, il y a certainement des doubles quelque part. Elle y a eu droit toute la nuit et le lendemain, quand un inspecteur est venu chercher la valise dans l'appartement et qu'il a trouvé un de mes fusils de chasse et a voulu savoir si j'avais un *permis de chasse**, je crois que la police a hésité à l'autoriser à partir pour Lausanne et elle a dit qu'un inspecteur l'avait suivie jusqu'au train et était apparu dans le compartiment juste avant le départ et avait dit : "Vous êtes bien sûre, madame, que vous avez tous vos bagages maintenant ? Que vous n'avez rien perdu d'autre ? Aucun document important ?"

« À ce moment-là j'ai dit : "Mais tout va bien vraiment. Tu ne peux pas avoir emporté les originaux, les feuillets tapés à la machine et les carbones.

« — Mais c'est ce que j'ai fait, a-t-elle dit. Roger, je sais que je l'ai fait." Et c'était vrai. J'ai découvert que c'était vrai quand je suis retourné à Paris pour voir. Je me souviens d'avoir monté les escaliers et ouvert la porte de l'appartement, d'avoir ouvert le verrou, tiré sur la poignée de cuivre coulissante, je me souviens de l'odeur d'eau de Javel dans la cuisine et de la poussière qui s'était glissée par la fenêtre sur la table de la salle à manger et d'être allé vers l'armoire où je rangeais mes trucs dans la salle à manger et tout avait disparu. J'étais sûr que ce serait là, que quelques-unes des chemises de papier kraft seraient là parce que je les avais si clairement présentes à l'esprit. Mais il n'y avait rien du tout, pas même mes trombones dans une petite boîte en carton, ni mes crayons ni mes gommes ni mon taille-crayon en forme de poisson, ni mes enveloppes avec l'adresse de l'expéditeur tapée dans le coin en haut à gauche, ni mes coupons de poste internationaux que tu leur envoies pour qu'ils te renvoient tes manuscrits et que je gardais dans une petite boîte laquée de Perse avec un dessin pornographique à l'intérieur. Tout avait disparu. Tout avait été rangé dans la valise. Même le bâton de cire rouge que j'utilisais pour sceller les lettres et les paquets avait disparu. Je restai là à regarder le dessin à l'intérieur de la boîte persane et je remarquai la disproportion de certaines parties représentées qui caractérise toujours la pornographie et je me souviens d'avoir pensé à quel point je détestais les photos, la peinture et la littérature pornographiques et comment, après que cette boîte m'avait été donnée par un ami à son retour de Perse, je n'avais regardé l'intérieur peint qu'une fois pour faire plaisir à cet ami et qu'ensuite je ne m'en étais servi que pour ranger des coupons et des timbres et je n'avais plus jamais regardé le dessin. J'eus l'impression de ne plus pouvoir respirer quand je vis qu'il n'y avait plus de chemise avec les originaux, plus de chemise avec les feuillets tapés, plus de chemise avec les carbones et puis j'ai refermé la porte de l'armoire et je suis allé dans la pièce d'à côté qui était la chambre à coucher, et je me suis couché sur le lit et j'ai mis un oreiller entre mes jambes et mes bras autour d'un autre oreiller. Je n'avais jamais mis un oreiller entre mes jambes auparavant et je n'avais jamais étranglé un oreiller dans mes bras mais j'en avais salement besoin à ce moment-là. Je savais que tout ce que j'avais pu écrire et tout ce en quoi j'avais une grande confiance avait disparu. J'avais récrit ces pages tant de fois et je les avais faites juste comme je le voulais et je savais que je ne pourrais pas les écrire de nouveau parce qu'une fois qu'elles étaient bien je les oubliais complètement et chaque fois que je les relisais, elles m'étonnaient et je m'étonnais d'avoir pu les écrire.

« Je restais donc là sans bouger avec les oreillers pour amis et j'étais désespéré. Je n'avais jamais connu le désespoir auparavant, le vrai désespoir, et je ne l'ai pas connu depuis. Mon front reposait sur le châle persan qui couvrait le lit, lequel n'était qu'un matelas et un sommier sur le sol et le couvre-lit était poussiéreux et je sentais la poussière et je restais là avec mon désespoir et les oreillers étaient mon seul réconfort.

— Qu'est-ce qui avait disparu ? demanda la fille.

— Onze histoires, un roman et des poèmes.

— Mon pauvre, pauvre Roger.

— Non. Je n'étais pas pauvre parce qu'il y en avait encore à l'intérieur. Pas celles-là. Celles à venir. Mais j'étais dans un sale état. Tu vois, je n'avais pas cru qu'elles aient pu disparaître. Pas tout.

— Qu'est-ce que tu as fait ?

— Rien de pratique. Je suis resté là pendant un moment.

— Tu as pleuré ?

— Non. J'étais aussi sec à l'intérieur que la maison pleine de poussière. Tu n'as jamais été désespérée ?

— Bien sûr. À Londres. Mais je pleurais.

— Je suis désolé, ma fille. J'étais dans mes pensées et j'ai oublié. Je suis vraiment désolé.

— Qu'est-ce que tu as fait ?

— Voyons. Je me suis levé et j'ai descendu les escaliers et j'ai parlé avec la concierge et elle m'a demandé des nouvelles de madame. Elle était inquiète parce que la police était venue dans l'appartement et lui avait posé des questions, mais elle était toujours chaleureuse. Elle m'a demandé si j'avais retrouvé la valise qui avait été volée et j'ai dit que non et elle a dit que c'était pas de chance et une grande infortune et si c'était vrai que toutes mes œuvres étaient là-dedans. J'ai dit que oui et elle a dit : Mais comment se fait-il qu'il n'y avait pas de doubles ? J'ai dit que les doubles étaient dedans

106

aussi. Alors elle a dit : *Mais ça alors* !* Pourquoi faire des doubles pour les perdre avec les originaux ? J'ai dit que madame les avait emportés par erreur. C'était une grave erreur, a-t-elle dit. Une erreur fatale. Mais monsieur peut sûrement s'en souvenir. Non, ai-je dit. Mais, a-t-elle dit, monsieur devra s'en souvenir. *Il faut rappeler le souvenir. Oui*, ai-je dit, *mais ce n'est pas possible. Je ne m'en souviens plus. Mais il faut faire un effort,* a-t-elle dit. *Je le ferai,* ai-je dit. Mais c'est inutile. *Mais qu'est-ce que monsieur va faire* ?* a-t-elle demandé. Monsieur a travaillé ici pendant trois ans. J'ai vu monsieur travailler au café du coin. J'ai vu monsieur au travail sur la table de la salle à manger quand j'apportais des choses. *Je sais que monsieur travaille comme un sourd. Qu'est-ce qu'il faut faire maintenant ? Il faut recommencer**, ai-je dit. Alors la concierge s'est mise à pleurer. J'ai mis mon bras autour d'elle et elle sentait des aisselles et la poussière et les vieux vêtements noirs et ses cheveux avaient une odeur rance et elle pleurait la tête sur ma poitrine. Il y avait les poèmes aussi ? a-t-elle demandé. Oui, ai-je dit. Quel malheur ! a-t-elle dit. Mais vous pouvez vous les rappeler sûrement. *Je tâcherai de le faire**, ai-je dit. Faites-le, a-t-elle dit. Faites-le cette nuit.

« Je le ferai, lui ai-je dit. Oh, monsieur, a-t-elle dit, madame est belle et aimable et *tout ce qu'il y a de gentil**, mais quelle erreur c'est ! Vous prendrez un verre de marc avec moi ?

Bien sûr, lui ai-je dit, et en reniflant elle a abandonné ma poitrine pour aller chercher la bouteille et deux petits verres. Aux nouvelles œuvres ! a-t-elle dit. À elles, ai-je dit. Monsieur sera membre de l'Académie française. Non, ai-je dit. L'Académie américaine, a-t-elle dit. Vous préférez du rhum ? J'ai du rhum. Non, ai-je dit. Le marc est très bon. Bien, a-t-elle dit. Un autre verre. Maintenant, a-t-elle dit, sortez et allez vous soûler et comme Marcelle ne vient pas faire l'appartement, dès que mon mari rentrera pour tenir cette sale loge, je monterai nettoyer pour que vous puissiez dormir cette nuit. Vous voulez que je vous achète quelque chose ? Vous voulez que je vous fasse le petit déjeuner ? a-t-elle demandé. Certainement, ai-je dit. Donnez-moi dix francs et je vous rendrai la monnaie. Je vous ferais bien à manger mais vous devez dîner dehors ce soir. Même si c'est plus cher. *Allez voir des amis et mangez quelque part**. Si c'était pas mon mari, je viendrais avec vous.

« Venez et prenons un verre au Café des Amateurs maintenant, ai-je dit. Nous prendrons un grog. Non, je ne peux pas abandonner cette cage jusqu'au retour de mon mari, a-t-elle dit. *Débinez-vous maintenant**. Laissez-moi la clé. Tout sera en ordre quand vous rentrerez.

« C'était une brave femme et je me sentis déjà beaucoup mieux parce que je savais qu'il n'y avait qu'une chose à faire : recommencer. Mais je ne savais pas si je pourrais le faire. Certaines histoires parlaient de boxe et d'autres de base-ball et d'autres de courses de chevaux. C'étaient les choses que je connaissais le mieux et que j'avais approchées de près et plusieurs parlaient de la première guerre. En les écrivant j'avais ressenti toute l'émotion qu'il me fallait ressentir pour ces choses et je l'avais mise tout entière et toute la connaissance que j'en avais et que je pouvais exprimer et je les avais récrites et récrites jusqu'à ce que tout soit dedans et m'ait complètement quitté. Comme j'avais travaillé pour des journaux depuis que j'étais très jeune, je ne pouvais jamais me rappeler quoi que ce soit une fois que je l'avais écrit, comme si tu effaçais ta mémoire en écrivant, de la même manière que tu effaces un tableau noir avec une éponge ou un chiffon humide. Et j'ai encore cette habitude terrible mais à ce moment-là elle s'était jouée de moi.

« Mais la concierge, et l'odeur de la concierge, et son sens pratique et sa détermination avaient percé mon désespoir comme un clou l'aurait fait s'il avait été planté fermement et proprement et je pensais qu'il fallait que je fasse quelque chose de tout ça, quelque chose de concret, quelque chose qui serait bon pour moi même si ça ne changeait rien pour les histoires. Déjà je me sentais à moitié content que le roman ait disparu parce que je voyais déjà, comme tu commences à voir au-dessus de l'eau quand un orage de pluie s'éloigne sur l'océan, emporté au large par le vent, que je pourrais en écrire un meilleur. Mais les histoires me manquaient, comme si elles avaient été un mélange de ma maison et de mon boulot, mon seul fusil, mes petites économies et ma femme. Mes poèmes aussi. Mais le désespoir s'éloignait et il n'y avait plus qu'un manque à présent après une grande perte. Le manque est une très mauvaise chose aussi.

— Je sais ce que c'est que le manque, dit la fille.

— Ma pauvre fille, dit-il. Le manque est une mauvaise chose. Mais il ne te tue pas. Le désespoir, lui, te tue en un rien de temps.

— Vraiment, tuer ?

— Je le crois, dit-il.

— Nous pouvons en prendre un autre ? demanda-t-elle. Tu me raconteras le reste ? C'est le genre de chose qui m'a toujours intriguée.

— Nous pouvons prendre un autre verre, dit Roger. Et je te raconterai le reste si ça ne t'ennuie pas.

— Roger, tu ne dois pas dire ça. M'ennuyer.

— Je m'ennuie à mort moi-même parfois, dit-il. Alors il me paraît normal que je puisse t'ennuyer.

— S'il te plaît, prépare le verre et puis raconte-moi ce qui s'est passé. »

Composition Interligne
Impression Novoprint
à Barcelone, le 12 novembre 2011
Dépôt légal : novembre 2011
Premier dépôt légal dans la collection : décembre 2002

ISBN 978-2-07-042674-4./ Imprimé en Espagne.